KB060092

누가 이 침대를
쓰고 있었든

누가 이 침대를
쓰고 있었든

레이먼드 카버 소설

정영목 옮김

문학동네

일러두기

1. 이 책은 *Fires*(1983)와 *Where I'm Calling From*(1988)의 일부 단편을 모아 엮은 선집이다.
2. 주석은 모두 옮긴이주이다.
3. 본문 중 고딕체는 원서에서 이탤릭체나 대문자로 강조한 부분이다.

차례

거짓말 007

오두막 017

해리의 죽음 041

꿩 057

상자들 071

누가 이 침대를 쓰고 있었든 099

친밀 129

메누도 147

코끼리 177

블랙버드 파이 207

심부름 241

레이먼드 카버 연보 265

옮긴이의 말 269

거짓말

"그건 거짓말이야." 아내는 말했다. "당신은 어떻게 그런 걸 믿을 수가 있었어? 걔는 질투한 거야, 그뿐이야." 아내는 고개를 발딱 쳐들고 나를 계속 노려보았다. 아직 모자와 코트도 벗지 않았다. 얼굴은 그렇게 비난을 하느라 상기되어 있었다. "내 말 믿지, 응? 설마 그걸 믿는 건 아니지?"

나는 어깨를 으쓱했다. 이윽고 말했다. "왜 그 여자가 거짓말을 하겠어? 그런다고 무슨 소용이 있는데? 거짓말을 해서 무슨 이득을 본다고?" 나는 불편했다. 슬리퍼를 신고 선 채 두 손을 펼쳤다 쥐었다 하며 상황이 상황임에도 불구하고 내가 약간 우스꽝스럽다고, 전시되어 있는 것 같다고 느끼고 있었다. 나는 심문자 노릇을 하도록 생겨먹지 않았다. 지금은 그 말이 아예 내 귀에 닿은 적이 없었더라면, 모든 것이 그전과 같았더라면, 하고 바라고 있다. "그 사람은 친구인 거잖아." 나는 말했다. "우리 둘 다에게 친구."

"걔는 나쁜 년이야, 그게 걔 정체라고! 친구라면, 아무리 형편 없는 친구라 해도, 심지어 우연히 좀 알게 된 사람이라 해도, 그런 말은 하지 않을 거라고, 그런 뻔뻔스러운 거짓말을 하지는 않을 거라고 당신도 생각할 거야, 안 그래? 그런 말은 절대 믿을 수가 없어." 아내는 나의 어리석음에 고개를 저었다. 이윽고 아내는 핀을 뽑아 모자를 벗고 장갑도 벗어 다 테이블에 놓았다. 코트를 벗어 의자 등받이에 걸쳐놓았다.

"이제는 뭘 믿어야 할지 모르겠어." 내가 말했다. "당신 말을 믿고 싶어."

"그럼 믿어! 내 말을 믿으라고—그게 내가 요구하는 전부야. 나는 진실을 말하고 있다고. 나는 그런 걸로는 거짓말할 사람이 아니야. 이제 그만. 그게 사실이 아니라고 말해, 달링. 당신은 그걸 믿지 않는다고 말해."

나는 아내를 사랑한다. 나는 아내를 두 팔로 거두어 품에 안고 그녀를 믿는다고 말하고 싶었다. 그러나 그 거짓말, 그게 거짓말이라면, 그게 우리 사이에 와 있었다. 나는 움직여 창문으로 갔다.

"당신은 나를 믿어야 해." 아내가 말했다. "당신은 이게 어리석다는 걸 알아. 내가 당신한테 진실을 말한다는 걸 알아."

나는 창가에 서서 아래 천천히 움직이는 차량을 내려다보았다. 고개를 들면 창에 비친 아내의 모습을 볼 수 있을 것이다. 나는 마음이 넓은 사람이다, 나는 속으로 말했다. 이걸 헤쳐나갈 수 있다. 나는 아내 생각을, 우리가 함께한 삶, 진실 대 허구, 거짓과 대립되는 정직, 착각과 현실 생각을 했다. 얼마 전 우리가 보았던 그 〈욕망Blow-up〉이라는 영화 생각을 했다. 커피 테이블에 놓인 레프 톨스토이의 전기, 그가 진실에 관해 말하는 것, 그가 옛 러시아를 깜짝 놀라게 했던 일을 떠올렸다. 그러다가 오래전의 한 친구, 고등학교 이학년과 삼학년 때 알던 친구가 생각났다. 절대 진실을 말하지 못하는 친구, 만성적인 지독한 거짓말쟁이, 하지만 선한 의도를 가진 유쾌한 사람이자 내 삶의 어려운 시기 이삼 년 동안의 진정한 친구. 나는 과거로부터 이 습관적인 거짓말쟁이, 우리의—지금까지—행복한 결혼생활에 발생한 현재의 위기에 도움을 얻기 위해 끌어올 수 있는 이 선례를 발견한 것이 무척 기뻤다. 이 사람, 이 기백 있는 거짓말쟁이는 실제로 세상에 그런 사람들이 있다는 아내의 이론이 옳다는 것을 증명할 수 있었다. 나는 다시 행복해졌다. 말을 하려고 고개를 돌렸다. 내가 무슨 말을 하고 싶은지 알았다. 그래, 정말이지, 그건 사실일 수 있어, 아니 사실이야―사람들은 거짓말을 할 수 있고 거짓말을 해, 통제할 수 없이, 아마도 무의식적으로, 가끔은 병적으로, 결과를 생각하지도 않고. 나의 정보원은 틀림없이 그런 사람이었다. 그러나 바로 그 순간 아내는 소파에 앉아 두 손으로 얼굴을 가리고 말했다. "맞아요, 용서해줘요. 걔가 당신한테 말한 게 다 사실이야. 내가 그런 건 전혀 모른다고 했을 때 그게 거짓말이었어."

"그게 사실이야?" 나는 창문 근처에 있는 의자에 앉았다.

아내는 고개를 끄덕였다. 계속 두 손으로 얼굴을 가린 채였다.

내가 말했다. "그런데 왜 그걸 부정했어? 우리는 절대 서로 거짓말을 하지 않잖아. 우리는 늘 서로 진실만 말하지 않았나?"

"미안했어." 아내는 나를 보며 고개를 저었다. "창피했어. 당신은 내가 얼마나 창피했는지 모를 거야. 당신이 그걸 믿지 않기를 바랐어."

"이해할 수 있을 것 같아."

아내는 발을 차서 신발을 벗더니 소파에 등을 기댔다. 이윽고 허리를 세우고 스웨터를 끌어당겨 머리 위로 벗었다. 머리를 토닥여 매만졌다. 쟁반에서 담배 한 개비를 집었다. 나는 아내에게 라이터를 내밀다가 늘씬하고 창백한 손가락과 잘 다듬어진 손톱을 보고 잠시 놀랐다. 새로웠고, 또 어쩐지 뭔가가 드러나는 느낌이었다.

아내는 담배를 빨다가 잠시 후에 말했다. "그런데 오늘은 어떻게 지냈어, 스위트? 그러니까 일반적으로 말해서. 무슨 뜻인지 알잖아." 아내는 입에 담배를 문 채 스커트를 벗어 내리려고 잠시 일어섰다. "자." 그녀가 말했다.

"그냥 그랬어." 나는 대답했다. "오후에 여기에 경찰관이 왔어, 영장을 들고, 믿거나 말거나, 복도 아래쪽에 살던 사람을 찾더라고. 그리고 아파트 관리인이 직접 전화를 해서 세시에서 세시 반까지 삼십 분 동안 수리 때문에 물이 안 나올 거라고 했어. 사실, 생각해보니, 물이 안 나온 건 경찰관이 여기 와 있던 딱 그 시간 동안이었어."

"그랬어?" 아내가 말했다. 아내는 두 손을 골반에 올리고 몸을 쭉 폈다. 그러더니 눈을 감고 하품을 하며 긴 머리카락을 흔들었다.

"그리고 오늘 톨스토이 책을 많이 읽었어."

"훌륭하군." 아내는 칵테일 너츠를 먹기 시작했다. 입을 벌리고 오른손으로 하나씩 던져넣었고 왼손 손가락들 사이에는 계속 담배를 끼우고 있었다. 가끔 손등으로 입술을 닦고 담배를 빨았는데 그때만 먹는 것을 멈추었다. 이제 아내는 속옷도 벗어버린 상태였다. 그녀는 두 다리를 접어 무릎을 꿇는 자세로 소파에 자리를 잡았다. "책은 어땠어?" 그녀가 말했다.

"몇 가지 흥미로운 생각을 했더군. 대단한 인물이야." 손가락이 근질거렸고 피가 더 빨리 돌기 시작했다. 하지만 기운이 빠져나간 느낌도 들었다.

"이리 와 우리 귀여운 무지크*." 아내가 말했다.

"나는 진실을 원해." 나는 희미하게 말했다. 이제 나는 네 발로 기는 자세를 하고 있었다. 카펫의 탄력 있고 부드러운 플러시 천은 자극적이었다. 나는 천천히 소파로 기어가 쿠션 하나에 턱을 얹었다. 그녀는 내 머리를 쓰다듬었다. 여전히 미소를 짓고 있었다. 풍만한 입술에 소금 알갱이들이 어렴풋하게 반짝거렸다. 하지만 내가 지켜보는 가운데 그녀의 눈에 형언할 수 없는 슬픈 표정이 가득 차올랐다. 여전히 미소를 짓고 내 머리를 쓰다듬고 있었음에도.

"귀여운 파샤**. 이리 올라와, 우리 덤플링***. 우리 덤플링이 정말로 그 못된 여자, 그 못된 거짓말을 믿었어? 자, 엄마 가슴에 머리를 기대. 그거야. 이제 눈을 감아. 자. 어떻게 그런 걸 믿을 수 있었을까? 나 당신한테 실망했어. 정말이지, 당신 나를 그렇

---

* 러시아 농민.
** 터키나 이집트의 고관.
*** 고기 요리에 넣어 먹는 새알심.

게 모르지는 않잖아. 거짓말하는 게 어떤 사람들한테는 그냥 놀이라고."

오두막

미스터 해럴드는 카페에서 나와 눈이 그친 것을 알았다. 강 건너 산들 너머로 하늘이 개고 있었다. 그는 차 옆에서 잠시 발을 멈추고 기지개를 켠 뒤, 차문을 열어둔 채 입안 가득 찬 공기를 들이마셨다. 공기 맛이 느껴진다고 맹세라도 할 수 있을 것 같았다. 그는 운전대 뒤에 천천히 자리를 잡고 간선도로로 다시 나갔다. 산장까지는 겨우 한 시간 거리였다. 오늘 오후에는 두어 시간 낚시에 시간을 낼 수 있었다. 그뒤에는 내일이 있었다. 내일 온종일.

그는 파크 교차로에서 강을 건너는 다리를 타고 그를 산장으로 데려다줄 길로 빠졌다. 도로 양편에 가지가 눈으로 묵직한 소나무가 서 있었다. 구름이 하얀 산들을 덮어 어디서 산이 끝나고 어디서 하늘이 시작하는지 알기 힘들었다. 그것을 보자 그들이 그때 포틀랜드의 미술관에서 보았던 중국 풍경화들이 떠올랐다. 그는 그것들이 마음에 들었다. 그래서 프랜시스에게 그렇다고 말했지만 그녀는 아무런 대꾸가 없었다. 그녀는 미술관의 그 전시실에서 그와 몇 분을 보내다 다음 전시로 옮겨갔다.

산장에 도착하자 정오가 가까웠다. 산 위 오두막들이 보였고, 이윽고 길이 직선으로 바뀌면서 산장이 보였다. 그는 속도를 늦추고 쿵 소리를 내며 도로에서 빠져나와 모래가 덮인 지저분한 주차장으로 들어서서 산장 앞문에 바짝 다가가 차를 세웠다. 창을 내리고 잠시 쉬면서 어깨를 이리저리 움직여 좌석에 등을 푹 기댔다. 눈을 감았다가 잠시 후에 떴다. 깜빡이는 네온사인이 이곳이 캐슬록임을 알려주었고 그 아래 간판에 페인트로 단정하게 '고급 오두막—사무실'이라고 적혀 있었다. 지난번에 여기 왔을 때는—그때는 프랜시스와 함께였다—나흘을 묵었고 하류에서 멋진 물고기 다섯 마리를 낚아올렸다. 그게 삼 년 전 일이었다. 그들은 여기에 자주 왔다, 일 년에 두세 번. 그는 문을 열고 천천히 차에서 내리며 등과 목이 뻣뻣해진 것을 느꼈다. 얼어붙은 눈을 무거운 걸음으로 가로질러 코트 호주머니에 두 손을 꽂으며 널빤지 층계를 오르기 시작했다. 꼭대기에서 신발의 눈과 모래를 바닥에 비벼 긁어내고 밖으로 나오는 젊은 한 쌍에게 고개를 끄덕였다. 둘이 층계를 내려갈 때 남자가 여자의 팔을 잡는 게 보였다.

산장 안에서는 나무 연기와 튀긴 햄 냄새가 났다. 접시들이 달그락거리는 소리가 들렸다. 그는 식당 벽난로 위에 걸린 커다란 브라운 트라우트*를 보았고, 이곳에 돌아온 것이 기뻤다. 그가 서 있는 금전등록기 근처에는 진열장이 있고 유리 너머에 가죽 핸드백, 지갑, 모카신들이 진열되어 있었다. 진열장 위에는 인디언 구슬 목걸이며 팔찌며 규화목 조각들이 흩어져 있었다. 그는 말발굽 모양의 카운터로 옮겨가 스툴을 하나 차지했다. 몇 스툴 건너 앉아 있던 두 남자가 이야기를 멈추고 고개를 돌려 그를 보았다. 사냥꾼들이었다. 그들의 빨간 모자와 코트는 그들 뒤 빈 테이블에 놓여 있었다. 미스터 해럴드는 기다리며 손가락을 잡아당겼다.

"오신 지 얼마나 됐어요?" 젊은 여자가 물으며 얼굴을 찌푸렸다. 주방에서부터 소리도 없이 다가와 있었다. 여자는 그의 앞에 물 한 잔을 놓았다.

"오래 안 됐소." 미스터 해럴드가 말했다.

"벨을 누르셨어야죠." 여자가 입을 열었다 닫자 치아 교정기

---

* 송어의 한 종류.

가 반짝거렸다.

"오두막을 하나 얻기로 했는데. 일주일 전쯤 엽서를 보내 예약을 했소."

"미시즈 메이를 불러와야겠네요." 여자가 말했다. "지금은 음식을 만들고 있어요. 그분이 오두막 담당이에요. 나한테는 아무런 이야기가 없었거든요. 보통 겨울에는 열어두지 않아요, 아시겠지만."

"여기로 엽서를 보냈소. 미시즈 메이한테 확인해보시오. 한번 물어보라고." 두 남자가 스툴에서 고개를 돌려 다시 그를 보았다.

"미시즈 메이를 불러올게요." 여자가 말했다.

그는 얼굴을 붉히며 앞의 카운터 위에서 두 손을 맞잡았다. 식당 건너편 벽에는 커다란 프레더릭 레밍턴 그림 복제품이 걸려 있었다. 그는 놀라서 휘청거리는 버펄로, 그리고 잡아당긴 활시위를 어깨에 갖다댄 인디언들을 살펴보았다.

"미스터 해럴드!" 늙은 여자가 부르더니 절뚝절뚝 다가왔다. 작은 몸집에 머리는 백발이었으며 가슴이 무겁고 목은 굵었다. 하얀 유니폼에 속옷 끈들이 비쳐 보였다. 그녀는 앞치마를 풀고 손을 내밀었다.

"뵙게 되어 반갑습니다, 미시즈 메이." 그는 말하며 스툴에서 일어났다.

"알아보지를 못했어요." 늙은 여자가 말했다. "가끔 저 아이는 왜 저러는지 모르겠더라고…… 이디스…… 내 손녀예요. 지금은 내 딸하고 그애 남편이 여기를 운영하고 있죠." 그녀는 안경을 벗고 렌즈에서 김을 닦아내기 시작했다.

그는 반들반들한 카운터를 내려다보았다. 그 결이 있는 나무를 손으로 쓰다듬었다.

"부인은 어디 계시고?" 그녀가 물었다.

"이번주에는 몸이 좋지 않아서요." 미스터 해럴드가 말했다. 다른 이야기를 더 꺼내려 했으나 달리 할 이야기가 없었다.

"그거 안타까운 얘기네요! 두 분을 위해 오두막을 잘 준비해놨는데." 미시즈 메이가 말했다. 그녀는 앞치마를 벗어서 금전등록기 뒤에 놓았다. "이디스! 미스터 해럴드를 모시고 오두막으로 갈 거야! 가서 코트를 가져와야 해요, 미스터 해럴드." 젊은 여자는 대답하지 않았다. 하지만 손에 커피포트를 든 채 주방 문으로 와서 그들을 물끄러미 보았다.

밖에는 해가 나와 있어 그 강렬한 빛에 눈이 아팠다. 그는 난간에 몸을 기대고 절뚝이는 미시즈 메이 뒤를 따라 천천히 층계를 내려갔다.

"해가 못됐어요, 그렇죠?" 그녀가 말하며 다져진 눈 위를 조심스럽게 움직였다. 지팡이를 사용해야 할 것 같았다. "이번주에 처음으로 얼굴을 내밀었거든요." 그녀는 말하며 차를 타고 지나가는 사람들에게 손을 흔들었다.

그들은 자물쇠가 채워진 채 눈에 덮인 주유기를 지나 문에 타이어 간판이 걸린 작은 헛간을 지났다. 그는 깨진 창문을 통해 안에 쌓인 삼베 부대며 낡은 타이어며 통을 보았다. 안은 눅눅했고 추워 보였다. 눈이 안으로 들이쳤고 깨진 창문 주위 창턱에도 흩뿌려져 있었다.

"애들이 저런 거예요." 미시즈 메이가 잠시 발을 멈추고 손을 깨진 창문으로 올렸다. "우리한테 못된 짓을 할 기회를 놓치지 않는다니까. 저 아래 현장 합숙소에 있는 애들 한 패거리가 늘 미친듯이 날뛰어요." 그녀는 고개를 저었다. "가엾은 어린 악마들. 어쨌든 애들한테는 안타까운 가정생활이죠, 늘 그렇게 옮겨 다녀야 하니. 그애들 아빠들이 저 댐을 짓고 있어요." 그녀는 오두막 문을 열쇠로 열고 밀었다. "멋지게 지내실 수 있도록 오늘 아침에 장작을 좀 넣어두었어요." 그녀가 말했다.

"그거 고맙군요, 미시즈 메이." 그가 말했다.

객실에는 무늬 없는 침대보가 덮인 커다란 더블베드, 서랍장, 책상이 있고, 작은 합판 분리벽이 이곳을 부엌과 나누고 있었다. 싱크, 장작 스토브, 장작 상자, 낡은 냉장고, 유포가 덮인 테이블과 나무의자 두 개도 있었다. 문 하나는 욕실로 열렸다. 한쪽 옆으로 작은 포치가 보였는데 거기에 옷가지를 걸 수 있었다.

"괜찮아 보이네요." 그가 말했다.

"최대한 쓸 만하게 만들어보려고 했어요. 지금 뭐 또 필요한 거 있나요, 미스터 해럴드?"

"지금은 어쨌든 괜찮습니다, 고맙습니다."

"그럼 쉬게 해드려야지. 피곤할 텐데, 여기까지 운전해서 오느라고."

"짐을 가지고 들어와야겠네요." 미스터 해럴드는 그녀를 따라나갔다. 그는 나오면서 문을 닫았고 그들은 산을 굽어보는 포치에 섰다.

"부인이 오지 못해 정말 안타깝네요." 늙은 여자가 말했다.

그는 대답하지 않았다.

그들이 서 있는 곳은 도로 너머 산비탈에 불쑥 솟은 거대한 바위와 거의 같은 높이였다. 어떤 사람들은 그게 석화된 성처럼 보인다고 했다. "낚시는 어떤가요?" 그가 물었다.

"고기를 잡는 사람들도 있지만 남자들은 대부분 사냥을 하러 나가요. 사슴 시즌이잖아요, 아시겠지만."

그는 차를 오두막에 가능한 한 바싹 대고 짐을 내리기 시작했다. 차에서 맨 마지막에 내린 것은 글러브박스에 있는 스카치 한 파인트였다. 그는 병을 테이블에 놓았다. 나중에 추와 미늘과 빨간색과 흰색이 섞인 두툼한 플라이가 든 상자들을 테이블에 펼쳐놓으면서 병을 건조대로 옮겼다. 그곳 테이블에 앉아 담배를 피우며 낚시 도구 상자를 열어 모든 게 제자리에 있는지 확인하고 플라이와 추를 펼쳐놓고 두 손으로 목줄의 힘을 확인하고 그날 오후에 쓸 장비들을 서로 묶으면서 어쨌든 이곳에 왔다는 게 기뻤다. 게다가 생각대로 오늘 오후에 두어 시간 낚시할 시간을 낼 수 있다. 그리고 내일이 있다. 그는 이미 병의 일부는 참았다가 그날 오후에 낚시에서 돌아와 마시고 나머지는 내일 마시기로 결정해두었다.

그는 앉아서 장비들을 묶어서 연결하다가 뭔가가 포치를 파헤치는 소리를 들었다. 그는 테이블에서 일어나 문을 열었다. 하지만 그곳에는 아무것도 없었다. 하얀 산들과 찌푸린 하늘 밑에 죽은 것처럼 보이는 소나무뿐이었고, 아래쪽으로는 건물 몇 채와 간선도로 옆에 다가가 서 있는 차 몇 대가 있었다. 갑자기 몹시 피곤해 침대에 몇 분 누워 있을까 생각했다. 자고 싶지는 않았다. 그냥 누워서 쉬고, 그런 다음 일어나서 옷을 입고 물건을 챙겨 강으로 걸어가는 거다. 그는 테이블을 치우고 옷을 벗고 차가운 시트 두 장 사이로 파고들었다. 잠시 모로 누워 눈을 감고 온기를 보존하려고 무릎을 당겨 올리고 있다가 이내 바로 누워 시트에 닿은 발가락을 꼼지락거렸다. 프랜시스가 여기 있으면 하는 마음이었다. 이야기를 나눌 누군가가 있었으면 하는 마음이었다.

눈을 떴다. 방은 어두웠다. 스토브에서 작게 탁탁 소리가 났고 스토브 뒤의 벽이 빨갛게 빛났다. 그는 침대에 누운 채 창을 물끄러미 보았다. 밖이 정말 어둡다는 걸 믿을 수가 없었다. 다시 눈을 감았다가 잠시 후에 떴다. 그저 쉬고 싶을 뿐이었는데. 잘 생각이 아니었는데. 그는 눈을 뜨고 무겁게 침대 한쪽에 일어나 앉았다. 셔츠를 입고 바지로 손을 뻗었다. 욕실로 들어가 얼굴에 물을 끼얹었다.

"제기랄!" 그는 부엌 찬장의 물건들을 시끄럽게 뒤적이다 캔 몇 개를 내려놓았고 이내 다시 올려놓았다. 그는 커피를 한 포트 만들어 두 잔을 마신 뒤 카페로 내려가 뭘 먹기로 했다. 모직 슬리퍼를 신고 코트를 입고 여기저기 뒤져 마침내 손전등을 찾았다. 그걸 들고 밖으로 나갔다.

차가운 공기가 뺨을 찌르고 콧구멍을 꼬집었다. 그러나 공기는 기분좋게 느껴졌다. 머리가 맑아졌다. 산장의 불빛들이 그가 걷고 있는 곳을 밝혀주었지만 그는 조심했다. 카페에 들어서서 그 젊은 여자, 이디스에게 고개를 끄덕였고 카운터 끝 근처의 부스에 앉았다. 뒤쪽 주방에서 라디오 소리가 들렸다. 주문을 받으려는 기미가 없었다.

"문 닫은 거요?" 미스터 해럴드가 말했다.

"그런 셈이죠. 아침을 위해 정리를 하고 있어요."

"그럼 뭘 먹기엔 너무 늦은 거로군."

"뭘 좀 갖다드릴 수 있을 것 같긴 하네요." 그녀가 메뉴판을 들고 건너왔다.

"미시즈 메이는 있나요, 이디스?"

"방에 올라가셨어요. 그분한테 볼일이 있나요?"

"장작이 더 필요해서. 아침에 대비해."

"바깥 뒤쪽에 있어요. 바로 여기 주방 뒤에."

그는 메뉴판에서 간단한 걸 가리켰다—햄샌드위치와 감자샐러드. "이걸로 하겠소."

그는 기다리면서 소금통과 후추통을 움직여 앞에 작은 원을 그렸다. 여자는 음식을 가져온 뒤 앞에 그대로 머물며 설탕 그릇과 냅킨 통을 채우면서 가끔 그를 쳐다보았다. 잠시 후, 그가 다 먹기도 전에 젖은 행주를 들고 건너와 그의 테이블을 훔치기 시작했다.

그는 계산서보다 상당히 많은 돈을 놓아두고 산장 옆의 문을 통해 밖으로 나갔다. 뒤쪽으로 돌아가 장작을 한아름 집어들었다. 그런 다음 달팽이 속도로 오두막으로 올라갔다. 그는 한 번 돌아보았고 여자가 주방 창문으로 자신을 살피는 것을 보았다.

오두막 문에 이르러 장작을 내려놓을 때쯤 그는 그녀를 싫어하고 있었다.

그는 오랫동안 침대에 엎드려 포치에서 발견한 오래된 〈라이프〉 잡지를 읽었다. 불의 열기 때문에 마침내 잠이 오자 일어나서 침대에서 나와 다음날 아침을 위해 물건을 정리했다. 모든 게다 있는지 확인하기 위해 쌓아놓은 물건을 차근차근 살폈다. 그는 물건들이 정돈된 것을 좋아했고 다음날 아침 일어나 물건을 찾아다니고 싶지 않았다. 그는 스카치를 들고 병을 불에 비추어 보았다. 컵에 조금 따랐다. 그러고는 컵을 들고 침대로 건너가 협탁에 내려놓았다. 불을 끄고 잠시 창밖을 보며 서 있다가 침대로 들어갔다.

너무 일찍 일어나는 바람에 오두막에는 아직 어둠이 채 가시지 않았다. 밤사이 불은 사그라들어 석탄이 되었다. 오두막 안에서 그의 숨이 보였다. 그는 쇠살대를 조정하고 장작을 조금 밀어넣었다. 이렇게 일찍 일어난 게 언제인지 기억나지 않았다. 그는 땅콩버터 샌드위치를 만들어 왁스를 입힌 종이로 쌌다. 샌드위치와 오트밀 쿠키 몇 개를 코트 호주머니에 넣었다. 문에서 긴 장화를 신고 위로 잡아당겼다.

바깥의 빛은 흐릿한 회색이었다. 구름이 긴 골짜기를 메우고 나무와 산 위에도 군데군데 걸려 있었다. 산장은 어두웠다. 그는 바깥으로 나가 천천히, 다져진 미끄러운 길을 따라 강으로 향했다. 이렇게 일찍 일어나 낚시를 하러 가니 기분이 좋았다. 강 뒤편 어느 골짜기에서 빵빵 총소리가 들려 횟수를 헤아려보았다. 일곱. 여덟. 사냥꾼들이 깨어 있다. 그리고 사슴도. 총소리가 어제 산장에서 본 두 사냥꾼이 낸 건지 궁금했다. 사슴은 이런 눈 속에서는 살아남을 가능성이 크지 않았다. 그는 시선을 아래로 고정하고 길을 살폈다. 계속 비탈 아래쪽으로 내려갔고 곧 눈이 발목까지 쌓인 빽빽한 숲속에 들어섰다.

눈이 나무 밑에 쏠려와 쌓여 있었지만 그가 걷는 곳은 그리 깊지 않았다. 단단하게 다져진 좋은 길이었다. 빽빽한 솔잎이 장화 밑에서 소리를 내며 눈 속으로 파고들었다. 앞에서 숨이 냇물처럼 뻗어나가는 것이 보였다. 덤불을 헤치고 밀고 나가거나 가지가 낮은 나무 밑을 지날 때면 낚싯대를 똑바로 앞으로 내밀었다. 커다란 릴을 쥐고 낚싯대를 창처럼 겨드랑이에 끼웠다. 어린 시절 가끔 한 번에 이틀이나 사흘씩 외딴곳으로 낚시를 하러 들어가 혼자 하이킹할 때면 이런 식으로 낚싯대를 들고 갔다. 덤불이나 나무가 없을 때도, 그냥 커다란 녹색 초원뿐일 때도. 그럴 때면 적이 나무들 속에서 말을 타고 달려나오는 걸 자신이 기다리는 중이라고 상상하곤 했다. 숲의 혼잡한 가장자리에서 어치들이 비명을 지르기도 했다. 그러면 있는 힘껏 큰 소리로 노래를 불렀다. 가슴이 아플 때까지 도전적으로 고함을 질렀다, 초원 위를 계속 맴도는 매들을 향해. 이제 해와 하늘이 그에게 돌아왔고, 그와 더불어 별채가 있는 호수도 돌아왔다. 물은 녹색으로 아주 맑아 십오 또는 이십 피트 아래 경사가 급해지며 물이 깊어지는 곳까지 보였다. 강 소리가 들렸다. 그러나 길은 이제 사라졌고 강을 향해 둑을 내려가려고 하기 직전에 무릎 위까지 쌓인 눈을 딛는 바람에 그는 공황에 빠져 눈 몇 움큼과 덩굴을 움켜쥐며 눈에서 나오려고 허둥거렸다.

강은 믿을 수 없을 만큼 차가워 보였다. 색깔은 은색을 띤 녹색이었으며 가장자리를 따라 바위들이 모인 곳의 작은 웅덩이에는 얼음이 있었다. 전에 여름에는 하류로 더 내려가 고기를 잡았다. 하지만 오늘 아침에는 하류로 갈 수가 없었다. 오늘 아침에는 이곳에 있는 것만으로도 마냥 기뻤다. 백 피트 떨어진 강 건너편에는 기슭이 있었고 그 바로 앞까지 밀고 들어간 멋진 여울이 있었다. 물론 거기로 건너갈 방법은 없었다. 그는 여기 그가 있는 곳이 딱 괜찮다고 마음을 정했다. 그는 아주 굵은 통나무 위로 올라가 몸의 균형을 잡고 서서 주위를 둘러보았다. 키 큰 나무와 눈 덮인 산들이 보였다. 그림처럼 예쁘다고 생각했다, 강

위에 안개가 서린 광경. 그는 거기 통나무에 앉아 두 다리를 흔들며 줄을 낚싯대의 가이드에 끼웠다. 어젯밤에 마련해놓은 장비 하나를 줄에 묶어 연결했다. 모든 준비가 끝나자 통나무에서 미끄러져내려가 고무장화를 다리 위로 최대한 높이 끌어당기고 긴 장화의 위쪽 가장자리에 달린 버클을 허리띠에 연결했다. 그는 천천히 강 속으로 걸어들어가며 차가운 물의 충격에 대비해 숨을 멈추었다. 물이 그를 때렸고, 빙빙 돌며 그의 무릎에 맞서 버텼다. 그는 발을 멈추었다가 조금 더 멀리 나아갔다. 릴의 브레이크를 풀고 상류 쪽을 향해 멋지게 던졌다.

낚시를 하자 예전의 흥분이 어느 정도 돌아오는 것이 느껴지기 시작했다. 그는 계속 낚시를 했다. 한참 후 물에서 걸어나와 바위에 앉으며 통나무에 등을 기댔다. 쿠키를 꺼냈다. 뭐든 서두르지 않으려 했다. 오늘은. 강 건너에서 작은 새 떼가 날아와 그가 앉아 있는 곳 옆의 바위 몇 개에 내려앉았다. 그가 그들을 향해 부스러기를 한줌 뿌리자 새들이 날아올랐다. 나무 우듬지들이 삐걱거리는 소리를 냈고 바람이 골짜기에서 구름을 당겨 산 위로 올라갔다. 이윽고 강 건너 숲속 어디에선가 후두두 총소리가 들렸다.

막 플라이를 바꿔서 낚싯줄을 던졌을 때 사슴이 보였다. 상류 쪽 덤불에서 비슬거리며 나와 좁은 강기슭으로 달려가 머리를 흔들고 비틀었다. 하얀 점액이 콧구멍에 밧줄처럼 매달려 있었다. 왼쪽 뒷다리 하나가 부러져 뒤에 질질 끌렸다. 사슴은 한순간 동작을 멈추더니 뒤로 고개를 돌려 그 다리를 보았다. 이어 강으로 뛰어들어 사라졌다가 다시 나오더니 물살 안으로 들어갔다. 곧 등과 머리만 보였다. 사슴은 모로 누운 채 그가 있는 쪽 얕은 물에 이르러 어설프게 밖으로 나오더니 머리를 좌우로 움직였다. 그는 꼼짝도 하지 않고 서서 사슴이 나무들 속으로 뛰어드는 것을 지켜보았다.

"더러운 새끼들." 그가 말했다.

그는 다시 낚싯줄을 던졌다. 잠시 후 릴을 감아 줄을 거두고 물가로 돌아갔다. 통나무의 같은 자리에 앉아 샌드위치를 먹었다. 다 말라 아무런 맛이 나지 않았지만 그래도 먹었고 사슴 생각은 하지 않으려 했다. 이제 프랜시스는 일어나 집안을 돌아다니며 일을 하고 있을 것이다. 그는 프랜시스 생각도 하지 않으려 했다. 하지만 무지개송어 세 마리를 잡던 그날 아침 기억이 났다. 그것을 산 위 그들의 오두막까지 들고 가는 것도 몹시 버거웠다. 하지만 들고 올라갔고, 그녀가 문으로 왔을 때 그는 그것을 자루에서 꺼내 그녀 앞의 층계에 쏟았다. 그녀는 휘파람을 불며 무지개송어 등을 따라 난 검은 반점들을 어루만졌다. 그는 오후에 다시 가서 두 마리를 더 잡았다.

날씨가 추워졌다. 바람이 강 하류로 불고 있었다. 그는 뻣뻣하게 몸을 일으켜서 절뚝거리며 바위들 위를 움직여 몸을 풀려고 했다. 불을 피울까 생각했지만 더 오래 머물지 않기로 했다. 강 건너에서 날아온 까마귀 몇 마리가 날개를 퍼덕이며 머리 위를 지나갔다. 바로 머리 위까지 왔을 때 그가 소리를 질렀지만 까마귀들은 내려다보지도 않았다.

그는 다시 플라이를 바꾸고 추를 더 달고 상류를 향해 줄을 던졌다. 물살이 그의 손가락 사이로 줄을 당겨 가져가도록 놓아두었다가 줄이 느슨해지는 게 보이자 릴의 브레이크를 걸었다. 연필심 추가 물밑에서 돌에 부딪혀 튀었다. 그는 낚싯대 아래쪽 자루 끝을 배에 대고 플라이가 물고기에게는 어떻게 보일까 생각했다.

상류의 나무들 속에서 사내아이 몇 명이 나와 강기슭으로 걸어갔다. 몇 명은 빨간 모자에 오리털 조끼 차림이었다. 그들은 빈터를 돌아다니며 미스터 해럴드를 보고 이어 강의 상하류를 보았다. 그들이 물가를 따라 그가 있는 쪽으로 움직이기 시작하자 미스터 해럴드는 산을 쳐다보았고 이어 하류 쪽으로 물이 가장 좋은 곳을 보았다. 그는 릴을 감기 시작했다. 플라이를 잡고 미늘을 릴 위쪽 코르크에 꽂았다. 그는 천천히 물가로 돌아가기 시작했다. 오직 물가만 생각했고 조심스러운 걸음 하나하나가 물가와 한 걸음 더 가까워지게 해준다는 생각만 했다.

"저기요!"

그는 발을 멈추고 물에서 천천히 고개를 돌렸다. 물가에 올라 섰을 때 이런 일이 일어났기를 바랐다, 물살이 다리를 밀어 미끄러운 돌에서 균형을 잃게 하는 여기 물속이 아니라. 두 발이 돌들 사이로 파고 들어가 꽉 박혀 있는 상태에서 눈으로 계속 아이들을 살피다 마침내 누가 우두머리인지 파악했다. 모두 허리띠에 권총집이나 칼집처럼 보이는 것을 차고 있었다. 하지만 라이플을 가진 아이는 하나뿐이었다. 그를 부른 것은, 이제 그는 알았다, 그 아이였다. 아주 여위고 얼굴도 바싹 말랐으며 머리에는 갈색 오리 부리 모자를 쓴 그 아이가 말했다.

"저기 위에서 사슴이 가는 거 봤어요?" 소년은 오른손으로, 권총을 들듯이 라이플을 들고 있었다. 총구는 기슭 위쪽을 향하고 있었다.

아이 한 명이 말했다. "당연히 봤지, 얼. 별로 오래되지도 않았는데." 그러면서 다른 네 명을 둘러보았다. 그들은 고개를 주억거렸다. 그들은 담배 한 개비를 돌려 피우며 그에게 눈을 고정하고 있었다.

"내 말은—이봐요, 귀머거리예요? 그놈 봤냐고 했잖아요?"

"그놈이 아니야, 암컷이었어." 미스터 해럴드가 말했다. "뒷

다리가 총에 맞아 거의 잘려나갔지, 맙소사."

"그게 아저씨하고 무슨 상관인데." 총을 든 아이가 말했다.

"아주 똑똑한 아저씨네, 안 그래, 얼? 그게 어디로 갔는지나 말해, 이 늙은 개자식아!" 한 아이가 말했다.

"어디로 갔냐고?" 총을 든 아이가 묻더니 총을 골반까지 들어올리며 물 건너 미스터 해럴드를 반쯤 겨누었다.

"그걸 누가 궁금해하겠어?" 그는 낚싯대를 똑바로 앞으로 들고 겨드랑이에 꽉 끼운 채 다른 손으로 모자를 내려썼다. "너희 조그만 새끼들, 저기 강 위쪽 트레일러 캠프에서 왔지, 그렇지?"

"자기가 뭘 꽤 안다고 생각하나본데, 응?" 아이가 말하더니 다른 아이들을 둘러보며 고개를 끄덕였다. 아이는 한 발을 들어올렸다가 천천히 내려놓고, 이어 다른 발을 들었다. 잠시 후 아이는 라이플을 어깨까지 들어올리고 공이를 뒤로 젖혔다.

총신은 미스터 해럴드의 배, 아니면 약간 아래를 겨누고 있었다. 그의 장화 둘레에서 물이 소용돌이치며 거품을 일으켰다. 그는 입을 벌렸다 다물었다. 그러나 혀를 움직일 수가 없었다. 그는 맑은 물 속 돌들과 군데군데 모래가 깔린 작은 공간들을 내려다보았다. 장화가 기울어 물에 닿고 이어 그의 몸이 쓰러지며 나무토막처럼 구르면 어떨지 궁금했다.

"뭐가 문제야?" 그가 아이에게 물었다. 얼음물이 다리를 타고 올라오더니 가슴 안으로 쏟아져들어왔다.

아이는 아무 말도 하지 않았다. 그냥 거기 서 있었다. 그들 모두 그냥 거기 서서 그를 보기만 했다.

"쏘지 마." 미스터 해럴드가 말했다.

아이는 잠시 더 총을 겨누고 있다가 이윽고 내렸다. "무섭지, 그치?"

미스터 해럴드는 꿈을 꾸듯 고개를 끄덕였다. 하품을 하고 싶은 기분이었다. 계속 입을 벌렸다 다물었다 했다.

아이 하나가 물 가장자리에서 돌을 캐내더니 던졌다. 미스터 해럴드는 등을 돌렸고 돌은 그에게서 이 피트 떨어진 물에 맞았다. 다른 아이들도 돌을 던지기 시작했다. 그는 거기 선 채 물가를 보았고, 돌들이 주위에서 첨벙이는 소리를 들었다.

"어차피 여기에서 낚시는 그만할 생각이었잖아, 그치?" 아이가 말했다. "나는 아저씨를 잡을 수 있었지만 그러지 않았어. 그 사슴 봤지, 아저씨가 얼마나 운이 좋은지 잊지 마."

미스터 해럴드는 거기에 잠시 더 그러고 서 있었다. 잠시 후 고개를 뒤로 돌렸다. 아이 하나가 그에게 가운뎃손가락을 들어올렸고 나머지 아이들은 싱글거렸다. 이윽고 아이들은 함께 다시 나무들 속으로 움직여 갔다. 그는 아이들이 가는 것을 지켜보았다. 몸을 돌려 물가로 힘겹게 돌아가 통나무에 주저앉았다. 잠시 후에 일어나서 오두막을 향해 걷기 시작했다.

눈은 아침 내내 참고 있다가 이제, 그의 눈에 빈터가 보였을 때, 가볍게 조각조각 떨어지기 시작했다. 그의 낚싯대는 거기 뒤쪽 어딘가에 있었다. 어쩌면 발목이 삐끗한 뒤 한 번 멈춰 섰을 때 거기에 두었을 수도 있었다. 장화 끈을 풀려고 하면서 눈에 낚싯대를 내려놓은 것은 기억이 났지만 다시 집어든 기억은 없었다. 어쨌든 이제 그것은 중요한 문제가 아니었다. 그것은 좋은 낚싯대로 대여섯 해 전 어느 여름에 구십 달러 넘게 주고 산 것이었다. 하지만 내일 날씨가 좋다 해도 그걸 가지러 돌아가지는 않을 터였다. 내일? 내일은 집으로 돌아가 일을 해야 했다. 근처 나무에서 어치가 울고 또 한 마리가 오두막 옆 빈터 건너편에서 화답했다. 그는 피곤했고 이제 천천히 걷고 있었다. 발에서 무게를 덜어내려고 애를 쓰고 있었다.

그는 나무들에서 나와 발을 멈추었다. 아래 산장에 불이 밝혀져 있었다. 주차장의 불도 켜놓았다. 아직 날빛은 몇 시간 남았는데 저 아래 모든 불을 켜놓았다. 이해가 불가능한 수수께끼로 여겨졌다. 무슨 일이 일어나기라도 했나? 그는 고개를 저었다. 이윽고 그는 오두막의 층계를 올라갔다. 포치에서 멈추었다. 안으로 들어가고 싶지 않았다. 하지만 문을 열고 들어가야 한다는 것을 알고 있었다. 과연 그럴 수 있을지는 알 수 없었다. 잠시 그냥 차에 올라타 떠나버릴까 생각했다. 그는 다시 한번 산 아래 불들을 보았다. 이윽고 문손잡이를 잡고 오두막 문을 열었다.

누군가가, 미시즈 메이가, 그는 짐작했다, 스토브에 불을 피워놓았다. 그럼에도 그는 조심스럽게 주위를 둘러보았다. 조용했다. 불이 지글거리는 소리뿐이었다. 그는 침대에 앉아 장화를 벗기 시작했다. 이윽고 그는 양말만 신고 거기 앉아 강을, 또 심장이 멎을 듯한 그 차가운 물에서 지금도 상류로 움직이고 있을 커다란 물고기를 생각했다. 그는 고개를 젓고 일어나 두 손을 난로에서 몇 인치 떨어진 곳에 갖다대고 간질거릴 때까지 손가락들을 오므렸다 폈다 했다. 온기가 점차 몸안으로 돌아오기를 가만히 기다렸다. 그는 집 생각을, 어두워지기 전에 그곳으로 돌아갈 생각을 하기 시작했다.

해리의 죽음

멕시코, 마사틀란—석 달 뒤

해리의 죽음 이후로 모든 게 바뀌었다. 예를 들어 여기 내려와 있게 되고. 누가 생각이나 했겠는가, 불과 석 달이라는 짧은 시간 만에 나는 여기 멕시코에 내려와 있고 가엾은 해리는 죽어 묻혀 있을 줄이야? 해리! 죽어 묻혀 있다니—하지만 잊힌 건 아니다.

그날 그 소식을 들었을 때 나는 일을 하러 갈 수가 없었다. 갈가리 찢긴 느낌이었다. 우리 모두의 일터인 프랭크의 커스텀 리페어에서 펜더와 차체 담당인 잭 버거가 6:30 a.m.에 전화를 했다. 아침을 먹으러 자리에 앉기 전 커피를 마시며 담배를 피우고 있을 때였다.

"해리가 죽었어." 그는 딱 그 말로 폭탄을 떨어뜨렸다. "라디오를 켜봐." 그가 말했다. "텔레비전을 켜봐."

경찰이 잭에게 해리에 관해 많은 것을 묻고 방금 그의 집을 떠났다. 그들은 잭에게 즉시 와서 시신을 확인해달라고 말했다. 잭은 경찰이 아마 다음으로 내가 사는 곳에 올 거라고 말했다. 왜 경찰이 잭 버거의 집에 먼저 갔는지 나에게는 수수께끼다. 그와 해리는 가깝다고 할 수 있는 사이가 아니었다. 어쨌든 해리와 나만큼 가깝지는 않았다.

믿을 수 없었지만 잭이 전화를 했으니 사실임이 틀림없다는 것을 알았다. 나는 충격을 받았고 아침을 먹는 것은 완전히 잊었다. 뉴스 방송을 이리저리 돌리다 마침내 그 이야기가 나오는 것을 들었다. 한 시간 정도 매달려 라디오를 듣고 해리를, 그리고 라디오에서 하는 말을 생각하면서 점점 더 속이 뒤집혔던 것 같다. 해리가 죽은 걸 알고도 안타까워하지 않을, 사실 그는 그래도 싸다고 기뻐할 형편없는 사람들이 많을 것이다. 우선 그의 부인은 기뻐할 것이다. 부인은 샌디에이고에 살아 둘이 서로 안 본지 이삼 년은 되었지만. 그녀는 기뻐할 것이다. 그런 종류의 인간이었다, 해리가 한 말로 볼 때. 그녀는 다른 여자가 생긴 해리에게 이혼을 해주고 싶어하지 않았다. 이혼은 물론이고, 그 어떤

44

것도. 그런데 이제는 걱정할 필요가 없을 것이다. 그래, 그 여자는 해리가 죽은 걸 알아도 안타까워하지 않을 것이다. 하지만 리틀 주디스, 그쪽은 이야기가 달랐다.

나는 직장에 전화를 해서 하루 쉰다고 말하고 집을 나섰다. 프랭크는 별말이 없었다. 이해할 수 있다고만 했다. 그도 마음은 똑같지만, 그는 말했다, 가게는 열어두어야 한다. 해리도 그러길 바랐을 거다, 그가 말했다. 프랭크 클로비. 그는 소유주와 공장장을 합쳐놓은 인물인데, 나는 직장에서 윗사람으로 그렇게 좋은 사람을 만난 적이 없었다.

나는 차를 타고 대충 레드폭스 쪽으로 향했다. 해리와 나와 진 스미스와 로드 윌리엄스와 네드 클라크와 더불어 우리 조의 나머지 몇 명이 퇴근 후 밤에 어울리던 곳이었다. 아침 8:30이 되어 차가 막혔기 때문에 운전에 집중해야 했다. 그래도 이따금 가없은 해리 생각을 할 수밖에 없었다.

해리는 수완이 좋았다. 그 말은 그가 늘 뭔가를 진행시키고 있었다는 뜻이다. 해리와 함께 있으면 절대 지루할 일이 없었다. 그는 여자들과 좋았고, 무슨 말인지 알겠지만, 또 늘 돈이 있었고 호화롭게 살았다. 그는 영리하기도 했고 늘 요령이 좋아 어떤 일도 결국은 장미 냄새가 풍기듯 기분좋게 끝냈다. 예를 들어 그가 모는 재그가 그랬다. 거의 새것으로 이만 달러짜리 차였는데

101번 도로에서 일어난 커다란 연쇄 충돌로 망가진 거였다. 해리는 그걸 보험회사에서 헐값에 사서 거의 새것이 될 때까지 직접 손을 보았다. 그게 해리라는 사람이었다. 그리고 L.A.에 있는 해리의 삼촌이 유언장에서 해리에게 남긴 이 삼십이 피트짜리 크리스크래프트 캐빈 크루저*가 있었다. 그는 얼마 전, 그러니까 두어 주 전 그걸 살피러 내려가서 몰고 나가 잠깐 타보고 왔다. 하지만 법적으로 자기 몫을 받을 자격이 있는 해리의 부인이 문제였다. 그녀가 알아채면 어떻게 해서든 손을 댈까봐—심지어 그가 실제로 배를 보기도 전에—그것을 막으려고 해리는 변호사에게 가서 뭔가를 만들어냈고 그렇게 해서 그걸 꼬랑지에서 대가리까지 몽땅 리틀 주디스에게 양도해버렸다. 둘은 8월 해리의 휴가 때 그걸 타고 어딘가 여행할 계획을 세우고 있었다. 해리는 안 가본 데가 없었다, 는 말을 덧붙여야 할 것 같다. 군인 시절 유럽에도 있었고 그다음에도 세계의 수도와 큰 휴양도시는 다 다녀보았다. 누군가 드골 장군을 쏘았을 때 현장의 군중 속에 있기도 했다. 그는 여러 곳에 갔고 많은 일을 했다, 해리는 그랬다. 그리고 이제 죽었다.

　레드폭스는 일찍 문을 여는데 손님이 한 명밖에 없었다. 바의

---

*거실이 있는 유람용 대형 모터보트.

반대편 끝에 앉아 있었고, 내가 아는 사람이 아니었다. 내가 들어서자 바텐더 지미는 텔레비전을 켜고 나에게 고개를 끄덕였다. 그의 눈이 붉었고, 지미를 보는 순간 나는 강하게 실감하게 되었다. 해리의 죽음. 루실 볼-데시 아나즈* 쇼 재방송이 시작되자 지미는 긴 막대기를 들어 다른 방송으로 채널을 돌렸다. 하지만 당장은 해리에 관한 게 아무것도 나오지 않았다.

"믿을 수가 없어." 지미가 말하며 고개를 저었다. "다른 사람은 몰라도 해리라니."

"나도 똑같은 기분이야, 지미." 내가 말했다. "다른 사람은 몰라도 해리라니."

지미는 독한 술을 두 잔 따르더니 자기 잔을 눈 한 번 깜빡하지 않고 비워버렸다. "해리가 내 친형제이기라도 한 것처럼 마음이 아파. 이렇게 아플 수가 없을 거야." 그는 다시 고개를 젓다 자기 잔을 한참 물끄러미 바라보았다. 이미 많이 취한 상태였다.

"우리 한 잔 더 하는 게 좋겠어." 그가 말했다.

"내 거에는 이번에는 물을 좀 타줘." 내가 말했다.

그날 아침에는 해리의 친구들인 사내 몇 명이 띄엄띄엄 들렀다. 한번은 지미가 손수건을 꺼내 코를 푸는 모습이 눈에 띄기도

---

* 미국의 코미디 배우 커플.

했다. 바 반대편에 있는 사내, 그 낯선 사람이 주크박스에서 뭔가 음악을 틀려는 듯한 행동을 했다. 하지만 지미가 건너가 크고 난폭한 동작으로 플러그를 확 잡아빼고 노려보자 사내는 떠나고 말았다. 우리 누구도 서로 할 이야기가 별로 없었다. 무슨 이야기를 할 수 있을까? 우리는 여전히 너무 멍했다. 마침내 지미가 빈 시가 상자를 들고 나와 바에 올려놓았다. 조화를 살 돈을 모으면 좋겠다고 말했다. 우리 모두 일을 도우려고 일이 달러를 넣었다. 지미는 색연필을 가져다 상자에 해리 기금이라고 적었다.

마이크 데머레스트가 들어와 내 옆 스툴을 차지했다. 그는 T-N-T 클럽의 바텐더였다. "참 나!" 그가 말했다. "시계 라디오에서 소식을 들었어. 마누라가 출근하려고 옷을 입다가 나를 깨우더니 그러는 거야. '저거 당신이 아는 해리 아냐?' 젠장, 맞더라고. 더블로 주고 체이서*로 맥주 하나 줘, 지미."

몇 분 뒤에 그가 말했다. "리틀 주디스는 이걸 어떻게 감당하고 있나? 누구 리틀 주디스 본 사람 없어?" 그가 눈꼬리 쪽으로 나를 지켜보고 있다는 걸 알 수 있었다. 하지만 나는 그에게 해줄 말이 없었다. 지미가 말했다. "오늘 아침에 이리로 전화했는데 히스테리 상태더라고, 가엾은 아이."

---

* 독한 술 뒤에 마시는 약한 술.

마이크는 한두 잔 더 마시더니 나를 돌아보며 말했다. "시신 보러 갈 거야?"

나는 잠시 기다렸다가 대답했다. "나는 그런 거엔 별 관심 없어. 안 갈 거 같아."

마이크는 이해한다는 듯이 고개를 끄덕였다. 하지만 잠시 후 그가 바 뒤의 거울로 나를 지켜보는 게 눈에 띄었다. 이 대목에서 내가 마이크 데머레스트를 좋아하지 않는다는 걸 이야기해 두어야 할지도 모르겠다. 혹시 아직 짐작하지 못했을지 모르니. 나는 그를 좋아한 적이 없다. 해리도 그를 좋아하지 않았다. 우리는 그 이야기를 한 적이 있었다. 하지만 세상일이란 늘 그렇다―좋은 사람은 험한 꼴을 당하고 그렇지 않은 사람은 늘 하던 짓을 한다.

그때쯤 손바닥이 축축해진 걸 알아차렸고 속이 납덩이처럼 느껴졌다. 동시에 관자놀이에서 피가 세게 고동치는 것을 느낄 수 있었다. 잠시 기절할 것 같다는 생각이 들었다. 나는 스툴에서 내려와 마이크에게 고개를 끄덕이고 나서 말했다. "잘 있어, 지미."

"그래, 잘 가." 그가 말했다.

밖에서 잠시 벽에 기대 몸을 가누려 애를 썼다. 아침을 먹지 않았다는 게 기억났다. 불안과 우울에 술까지 마신 걸 생각하면

어지러운 것이 이상한 일도 아니었다. 하지만 아무것도 먹고 싶지 않았다. 뭘 준다 해도 한 입도 먹지 못했을 것이다. 길 건너 보석상 진열장 위쪽의 시계가 열한시 십 분 전을 가리키고 있었다. 적어도 늦은 오후는 되었어야 할 것 같은데, 이렇게 많은 일이 일어났으니.

그 순간 리틀 주디스가 보였다. 모퉁이를 돌아 천천히 걸어왔는데 웅크린 어깨는 아래로 축 늘어져 있고 얼굴은 초췌했다. 안쓰러운 모습. 손에 클리넥스를 한 덩어리 들었다. 그녀는 한 번 발을 멈추더니 코를 풀었다.

"주디스." 내가 말했다.

그녀가 내 심장에 총알처럼 박히는 소리를 내질렀다. 우리는 바로 거기 보도에서 서로 끌어안았다.

내가 말했다. "주디스, 어떻게 이런 일이. 내가 뭘 해주면 돼? 오른팔이라도 내줄 수 있어, 알지?"

그녀는 고개를 끄덕였다. 아무 말도 하지 못했다. 우리는 거기 서서 서로 토닥이고 쓰다듬어주었다. 나는 그녀를 위로하려고 애쓰며 머리에 떠오르는 말을 되는대로 내뱉었고 그러다 둘 다 훌쩍거렸다. 그녀는 잠시 팔을 놓더니 어리벙벙한 표정으로 나를 보다가 다시 끌어안았다.

"못하겠어, 믿지를 못하겠어, 정말로." 그녀가 말했다. "도무지."그녀는 한 손으로 내 어깨를 움켜쥔 채 다른 손으로 등을 두드렸다.

"사실이야, 주디스." 내가 말했다. "라디오하고 텔레비전 뉴스에 나왔어. 오늘밤에는 모든 신문에 날 거야."

"안 돼, 안 돼." 그녀는 내 어깨를 더욱더 세게 움켜쥐었다.

다시 정신이 멍했다. 해가 머리에 뜨겁게 내리쬐는 것이 느껴졌다. 그녀는 여전히 나를 끌어안고 있었다. 나는 살짝 움직여 우리 몸을 떨어뜨렸다. 하지만 그녀를 지탱하기 위해 계속 그녀 허리에 팔을 두르고 있었다.

"우리는 다음달에 떠날 거였어." 그녀가 말했다. "어젯밤에 레드폭스의 우리 테이블에 앉아 서너 시간 동안 계획을 짰어."

"주디스. 어디 가서 커피나 술 한잔해."

"안으로 들어가."

"아니. 다른 데로. 여기는 나중에 다시 오면 돼."

"뭘 먹으면 기분이 좀 나아질 것 같아."

"그거 좋은 생각이야. 나도 뭘 좀 먹으면 좋을 것 같아."

다음 사흘은 소용돌이에 휘말려 지나갔다. 매일 출근했지만 해리가 없으니 일터가 슬프고 우울했다. 퇴근 후에 리틀 주디스와 오래 함께 있었다. 저녁에 함께 앉아 그녀가 이 일의 불쾌한 측면을 너무 많이 생각하는 것을 막으려 했다. 또 그녀가 챙겨야 할 일들 때문에 여기저기 갈 때 데려다주기도 했다. 그녀를 데리고 장례식장에도 두 번 갔다. 처음 갔을 때 그녀는 무너졌다. 나는 직접 안에 들어가지는 않으려 했다. 가엾은 해리를 예전 모습으로 기억하고 싶었다.

장례식 전날 일터의 우리는 모두 조화에 쓸 돈으로 삼십팔 달러씩 냈다. 내가 해리와 가까웠기 때문에 대표로 가서 조화를 고르기로 했다. 내가 사는 곳에서 멀지 않은 곳에 있는 꽃집이 기억났다. 그래서 집으로 차를 몰고 가 점심을 차려 먹고 하워드 꽃집으로 갔다. 약국이며 이발소며 은행이며 여행사가 들어선 쇼핑센터에 있는 가게였다. 주차를 하고 두어 걸음 떼지도 않아 여행사 창문에 붙은 이 커다란 포스터가 눈에 띄었다. 나는 창문으로 다가가 잠시 서 있었다. 멕시코. 하얀 종이 냅킨처럼 보이는 작은 돛단배들로 가득한 파란 바다를 이 거대한 돌 얼굴이 해처럼 싱글거리며 굽어보고 있었다. 해변에서는 비키니 차림의 여자들이 선글라스를 쓰고 어슬렁거리거나 배드민턴을 쳤다. 독일과 메리 잉글랜드*를 포함하여 유리창에 붙은 포스터를 모두

---

* '즐거운 잉글랜드'라는 뜻으로 예전부터 잉글랜드를 부르던 말.

보았지만 눈이 계속 그 싱글거리는 해와 해변과 여자들과 작은 배로 돌아갔다. 마침내 나는 유리창에 비친 내 모습을 보며 머리를 빗고 어깨를 쭉 편 다음 꽃집으로 걸음을 옮겼다.

다음날 아침 프랭크 클로비가 슬랙스에 하얀 셔츠와 타이 차림으로 출근했다. 해리를 보내주러 가고 싶은 사람이 있으면 자기는 괜찮으니 가라고 말했다. 대부분 집에 가서 옷을 갈아입고 장례식에 참석하고 남은 오후 근무는 제쳤다. 지미는 해리를 기려 레드폭스에 작은 뷔페를 차렸다. 여러 종류의 딥이며 감자칩이며 샌드위치를 내놓았다. 나는 장례식에는 가지 않았지만 나중에 오후에 레드폭스에 들렀다. 물론 리틀 주디스는 그곳에 있었다. 그녀는 옷을 차려입고 심한 전쟁 신경증에 걸린 사람처럼 돌아다녔다. 마이크 데머레스트도 있었는데 그가 이따금 그녀를 건너다보는 게 눈에 띄었다. 그녀는 이 남자 저 남자에게 가 해리 이야기를 하며 "해리는 네가 세상에서 제일이라고 생각했어, 거스"라든가 "해리라면 그런 식으로 되기를 바랐을 거야"라든가 "해리라면 그 부분을 제일 좋아했을 거야" 같은 말을 했다. 남자 두세 명이 그녀를 끌어안고 엉덩이를 두드리고 멍청한 짓을 하는 바람에 나는 그들에게 그만두라고 할 뻔했다. 늙은 뻔뻔이 몇 명이 어슬렁어슬렁 들어왔다. 해리가 평생 여남은 단어도 나누어본 적이 없었을 인간들이었다―그들을 본 적은 있어도. 그들은 큰 비극이라고 하더니 맥주와 샌드위치를 마음껏 먹어댔다. 리틀 주디스와 나는 일곱시쯤 사람들이 사라질 때까지 머물렀다. 나는 그녀를 집에 데려다주었다.

이제 이 이야기의 나머지는 어느 정도 짐작했을 것이다. 리틀 주디스와 나는 해리가 죽은 뒤 어울리기 시작했다. 우리는 거의 매일 밤 영화관에 갔다가 술집이나 그녀의 집으로 갔다. 레드폭스에는 딱 한 번 다시 갔고 그런 다음 더는 가지 않기로, 대신 새로운 곳을 찾기로 했다―그녀와 해리가 가본 적 없는 곳. 장례식이 끝나고 오래지 않아 어느 일요일 우리 둘은 해리 무덤 앞의 단지에 꽃을 꽂으러 골든게이트 묘지까지 갔다. 하지만 아직 표시를 해놓지 않아 한 시간이나 찾아다녔음에도 젠장할 무덤을 찾을 수가 없었다. 리틀 주디스는 "여기 있어! 여기 있어!" 하고 외치며 이곳저곳을 뛰어다녔다. 하지만 가보면 늘 다른 사람 묘지였다. 우리는 마침내 자리를 떴고 둘 다 우울했다.

8월에 우리는 배를 보러 L.A.까지 차를 몰고 내려갔다. 훌륭한 물건이었다. 해리의 삼촌은 그것을 최고의 상태로 관리했고 보트를 돌보는 멕시코 청년 토마스는 그걸로 세계 일주를 해도 두렵지 않을 거라고 말했다. 리틀 주디스와 나는 그냥 배를 보기만 하다가 서로 마주보았다. 기대했던 것보다 나은 경우는 거의 없다. 대개 반대다. 하지만 그 보트의 경우는 달랐다―우리가 꿈꾸었던 어떤 것보다 나았다. 샌프란시스코로 돌아오는 길에 우리는 다음달에 그걸 타고 크루즈를 좀 다녀오기로 했다. 그래서 우리는 9월, 노동절 주말 직전에 여행을 떠났다.

말한 대로 해리가 죽은 뒤 많은 게 달라졌다. 이제 심지어 리틀 주디스도 그림 밖에 있다. 비극적이고 여전히 내가 의아해하는 방식으로 사라졌다. 그 일이 벌어진 건 바하 해안 근처 어딘가였다. 수영을 전혀 할 줄 모르는 리틀 주디스는 그곳에서 실종되었다. 우리는 그녀가 밤사이에 뱃전 너머로 떨어졌다고 판단했다. 그렇게 늦은 시간에 갑판에서 뭘 하고 있었는지, 어쩌다 뱃전 너머로 떨어졌는지, 토마스도 나도 모른다. 우리가 아는 것이라고는 다음날 아침 그녀는 사라졌고 우리 둘 다 뭘 보지도 그녀가 외치는 소리를 듣지도 못했다는 것뿐이다. 그녀는 그냥 사라졌다. 그게 사실이다, 맹세코. 그게 며칠 뒤 과이마스*에 정박했을 때 내가 경찰에게 한 말이기도 하다. 나의 아내, 나는 그들에게 말했다―다행히도 샌프란시스코를 떠나기 직전에 우리는 결혼했으므로. 우리는 신혼여행에 나선 것이었다.

---

* 멕시코 서북부에 있는 도시.

나는 해리가 죽은 뒤 바뀐 것들을 이야기했다. 나는 지금 여기 마사틀란에 있고 토마스가 몇 군데 볼 만한 곳을 내게 안내하고 있다. 미국에 있을 때는 존재한다고 생각도 한 적 없는 것들. 우리가 다음에 들를 곳은 만사니요, 토마스의 고향이다. 그다음에는 아카풀코. 우리는 돈이 바닥날 때까지 계속 갈 작정이고, 바닥나면 정박해서 일을 좀 하다가 다시 출발할 것이다. 나는 지금 해리가 원했을 만한 방식으로 해나가고 있다는 생각이 든다. 하지만 지금 누가 그런 걸 자신 있게 말할 수 있을까?

가끔 나는 방랑자로 태어났다는 생각이 든다.

꿍

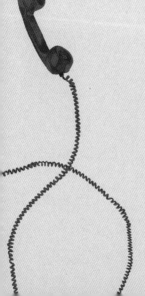

제럴드 웨버는 할말이 전혀 남아 있지 않았다. 그는 입을 다물고 차를 몰았다. 셜리 레나트는 처음에는 무엇보다도 그 색다름, 어느 정도 되는 시간 동안 그와 단둘이 있다는 사실의 색다름 때문에 잠을 자지 않고 있었다. 그녀는 카세트 몇 개를 틀었고—크리스털 게일, 척 맨지오니, 윌리 넬슨—나중에 아침 무렵에는 이 방송국 저 방송국 라디오 채널을 돌리기 시작하여 세계와 지역 뉴스, 짧은 날씨와 농업 뉴스, 심지어 젖을 먹이는 어머니에게 마리화나가 미치는 영향에 대한 이른아침 문답 프로그램에 이르기까지 긴 정적을 채울 수 있는 것이면 무엇이든 들었다. 가끔 담배를 피우며 큰 차의 거무스름한 어둠 너머로 그를 보았다. 그러다 캘리포니아주 샌루이스오비스포와 포터 사이 어딘가, 카멀에 있는 그녀의 여름집을 백오십 마일 정도 남겨둔 곳에서 그녀는 제럴드 웨버가 불량 투자였다고—전에도 여러 번 그런 투자를 했다. 그런 생각이 들자 피곤했다—포기하고는 앉은 채 잠이 들었다.

그는 밖에서 쏜살같이 지나가는 바람 소리 위로 그녀의 고르지 못한 숨소리를 들을 수 있었다. 라디오를 껐고 프라이버시가 반가웠다. 한밤중에 할리우드를 떠나 삼백 마일을 운전하기로 한 것은 실수였지만 그날 밤, 그의 서른 살 생일 이틀 전, 도대체 뭘 하는지 모르겠다는 느낌에 그녀의 해변 집에 며칠 다녀오자고 제안했다. 열시였고 그들은 여전히 마티니를 마시고 있었지만, 도시를 굽어보는 파티오에 나와 있었다. "그러지 뭐." 그녀는 술을 손가락으로 저으면서, 발코니 난간에 기대선 그를 보며 말했다. "그러자고. 네가 이번주 내내 말한 것 가운데 가장 마음에 드네." 그러고는 손가락에서 진을 핥았다.

그는 도로에서 눈을 뗐다. 그녀는 잠든 것처럼 보이지 않았다. 의식을 잃거나 중상을 입은 것처럼 보였다—마치 빌딩에서 떨어진 것 같았다. 그녀는 몸을 비튼 채 좌석에 누워 있었고, 한 다리는 허벅지 아래로 접고 다른 다리는 거의 바닥에 닿을 만큼 좌석 너머로 늘어뜨리고 있었다. 스커트는 허벅지 위로 올라가 스타킹 꼭대기와 가터벨트와 그 사이의 살이 드러났다. 머리는 팔걸이에 놓이고 입은 벌어져 있었다.

밤새 비가 오다 말다 했다. 이제, 막 날이 밝아지기 시작할 때 비가 그쳤다. 그러나 간선도로는 여전히 축축하고 검었으며 그는 도로 양편의 넓은 들판 우묵한 곳에 작은 물웅덩이들이 자리 잡은 것을 볼 수 있었다. 아직 피곤하지 않았다. 상황을 고려하면, 기분이 괜찮았다. 뭔가 하고 있다는 게 좋았다. 운전대를 잡고 앉아 차를 몬다는 게, 생각할 필요가 없다는 게 좋았다.

막 전조등을 끄고 속도를 조금 줄였을 때 눈꼬리 쪽으로 꿩이 보였다. 차가 진행하는 길로 들어설 수도 있는 각도로 낮고 빠르게 날고 있었다. 그는 브레이크를 살짝 밟았다가 다시 속도를 높이면서 운전대를 꽉 쥐었다. 새는 크게 쿵 소리를 내며 왼쪽 전조등에 부딪혔다. 빙글빙글 돌며 앞유리를 지나 위로 올라가면서 깃털 몇 개와 똥 한 줄기를 남겼다.

"오 하느님." 그는 자기가 한 일에 경악했다.

"무슨 일이야?" 그녀가 깜짝 놀라 눈을 크게 뜨고 무겁게 일어나 앉았다.

"뭘 쳤어…… 꿩이야." 브레이크를 밟자 깨진 전조등 유리가 포장도로에 쨍그랑거리는 소리가 들렸다.

그는 차를 갓길에 세우고 밖으로 나갔다. 공기가 눅눅하고 차가워 스웨터 단추를 채우며 허리를 굽혀 파손 부위를 살폈다. 그

가 잠시 떨리는 손으로 흔들어 빼내려 해본 깔쭉깔쭉한 유릿조
각 몇 개만 남고 전조등은 사라져버렸다. 또 앞 펜더 왼쪽에 약
간 우묵해진 곳이 있었다. 우묵해진 곳은 핏자국이 금속을 덮었
고 회갈색 깃털 몇 개가 핏속에 눌려 달라붙어 있었다. 암꿩이었
다, 충돌하기 직전에 보았다.

셜리는 차에서 그가 있는 쪽으로 몸을 기울여 창을 내리는 단
추를 눌렀다. 아직 잠이 덜 깼다. "제리?" 그녀가 그를 불렀다.

"잠깐만. 그냥 차 안에 있어."

"내리려는 거 아니었어. 그냥 서두르라고, 내 말은."

그는 갓길을 따라 되돌아갔다. 트럭 한 대가 안개 같은 물살을
뿌리며 갔다. 굉음을 내며 옆을 지나갈 때 기사가 운전석 밖으로
그를 보았다. 제리는 추위에 어깨를 웅크리고 계속 걸어 도로에
깨진 유리가 흩어진 곳까지 왔다. 그는 더 걸어 도롯가 젖은 풀
속을 꼼꼼히 살피다 새를 발견했다. 차마 손을 대지는 못했지만
잠시 들여다보기는 했다. 몸이 일그러지고 눈은 뜨고 있고 부리
에는 밝은 피 한 방울이 있었다.

다시 차에 타자 셜리가 말했다. "무슨 일이 벌어졌는지 몰랐
네. 손상이 심해?"

"전조등이 깨졌고 펜더가 좀 우묵해졌어." 그는 그들이 왔던
길을 돌아보고 차를 몰아 도로로 나섰다.

"죽었어? 내 말은, 물론 죽었겠지. 살 가능성은 없었을 거라고 생각해."

그는 그녀를 보았다가 다시 도로를 보았다. "시속 칠십 마일로 달리고 있었어."

"내가 얼마나 잤어?"

그가 대답하지 않자 그녀가 말했다. "두통이 있어. 두통이 아주 심해. 카멀까지는 얼마나 남았어?"

"두어 시간."

"뭘 좀 먹고 커피도 마시고 싶어. 그럼 머리가 좀 나을지도 모르지."

"다음에 타운이 보이면 들어가자고."

그녀는 백미러를 돌려 얼굴을 살폈다. 손가락으로 눈 아래를 여기저기 만졌다. 이윽고 하품을 하면서 라디오를 켰다. 다이얼을 돌리기 시작했다.

그는 꿩 생각을 했다. 아주 빠르게 일어난 일이지만 의도적으로 새를 쳤다는 것은 분명했다. "나를 정말로 얼마나 잘 알아?" 그가 말했다.

"무슨 소리야?" 그녀는 라디오에서 잠시 손을 떼고 좌석에 등을 기댔다.

"말했잖아, 나를 얼마나 잘 아느냐고?"

"무슨 소리를 하는지 전혀 모르겠어."

"그냥 나를 얼마나 잘 아느냐고? 내가 묻는 건 그것뿐이야."

"아침 이 시간에 왜 나한테 그걸 묻는 건데?"

"그냥 이야기를 하고 있는 거잖아. 그냥 당신이 나를 얼마나 잘 아느냐고 물었을 뿐이야. 혹시"―그걸 어떻게 표현해야 할 까?―"내가 믿을 만해, 예를 들어서? 당신은 나를 믿어?" 자신이 뭘 묻는 것인지 분명치 않았지만 그는 뭔가의 가장자리에 올라선 느낌이었다.

"그게 중요해?" 그녀가 말했다. 그녀는 흔들림 없는 눈길로 그를 보았다.

그는 어깨를 으쓱했다. "당신이 중요하지 않다고 생각하면 중요하지 않은 거겠지." 그는 다시 도로로 눈을 돌렸다. 적어도 처음에는, 그는 생각했다. 애정이 약간 있었다. 그들은 함께 살기 시작했는데 우선은 그녀가 그렇게 제안을 했기 때문이고, 또 퍼시픽 팰리세이즈 아파트에서 열린 한 친구의 파티에서 그녀를 만났을 무렵 그는 그녀가 자신에게 줄 수 있다고 생각하는 그런 삶을 원하고 있었기 때문이기도 했다. 그녀는 돈이 있고 연줄이 있었다. 연줄이 돈보다 중요했다. 그런데 돈과 연줄 둘 다라면―그건 무적이었다. 그에 관해 말하자면 드라마 전공으로 막 UCLA 대학원을 졸업했고―하지만 그 도시에는 그런 사람이 가득하지 않은가—대학 극단 공연물을 제외하면 자기 이름을 내걸고 고정급을 받는 역 하나 없는 배우였다. 동시에 무일푼이었다. 그녀는 열두 살 연상이었고 두 번 결혼하고 이혼했지만 돈이 좀 있었고 그를 파티에 데려가 사람들을 만나게 했다. 그 결과 작은 역 몇 개를 따게 되었다. 마침내 자신을 배우라고 부를 수 있었다, 매년 한두 달 이상 그 일을 하지는 않았지만. 지난 삼 년간 나머지 시간에는 그녀의 수영장 근처에 누워 일광욕을 하며 시간을 보내거나 파티에 가거나 셜리와 함께 여기저기 돌아다녔다.

"그럼 이거 좀 물어볼게." 그가 말을 이어갔다. "내가 행동할 거라고, 나 자신의 최고의 이익에 어긋나는 일이라도 할 거라고 생각해?"

그녀는 그를 보았고 엄지손톱으로 이를 톡톡 두드렸다.

"어때?" 그가 말했다. 이 이야기가 어디로 흘러갈지 아직 분명치 않았다. 하지만 계속해나갈 작정이었다.

"어떠냐니, 뭐가?"

"내 말 들었잖아."

"할 거라고 생각해, 제럴드. 그 시점에 충분히 중요하다고 생각하면 할 거라고 생각해. 이제 나한테 더는 질문하지 마, 알았지?"

이제 해가 나와 있었다. 구름은 쪼개져 있었다. 그의 눈에 다음 타운에서 제공하는 다양한 서비스를 알리는 간판들이 보이기 시작했다. 도로에 차가 늘었다. 도로 양편의 젖은 들은 싱싱한 녹색으로 보였으며 이른아침 해를 받아 반짝였다.

그녀는 담배를 피우며 창밖을 응시했다. 기운을 내 화제를 바꾸어볼까 하는 생각이 들었다. 그러나 짜증이 나기도 했다. 이 모든 것이 지겨웠다. 함께 오겠다고 동의한 게 너무 후회되었다. 할리우드에 머물렀어야 했다. 그녀는 계속 자기 자신을 찾으려는 사람들, 생각에 잠기는 내성적인 부류를 좋아하지 않았다.

그러다 그녀가 말했다. "봐! 저기 좀 봐!" 흥분한 목소리였다.

그들 왼쪽의 들에 이동 가능한 막사들이 여러 구역 떼지어 있었다. 농장 노동자들을 위한 숙소였다. 막사는 이삼 피트 높이의 받침에 올라가 다른 장소로 옮겨지기를 기다리고 있었다. 그런 막사가 스물다섯 내지 서른 개쯤 있었다. 땅에서 들어올린 채 그대로 놓아두어 막사 일부는 도로를, 일부는 다른 방향들을 보고 있었다. 마치 격변이 일어난 것 같았다.

"저거 좀 봐." 그녀는 말했고 차는 빠르게 그 옆을 지나가고 있었다.

"존 스타인벡." 그가 말했다. "존 스타인벡의 한 장면이네."

"뭐?" 그녀가 말했다. "오, 스타인벡. 그래, 맞아. 스타인벡."

그는 눈을 깜빡였고 그 꿩을 봤다고 상상했다. 새를 치려고 발로 가속페달을 꽉 밟은 것을 기억했다. 무슨 말을 하려고 입을 열었다. 그러나 어떤 말도 찾을 수가 없었다. 그는 꿩을 죽이고 싶은 갑작스러운 충동—그는 그 충동에 따라 행동했다—에 놀랐고, 동시에 마음이 아팠고 부끄러웠다. 운전대를 잡은 손가락이 뻣뻣해졌다.

"내가 그 꿩을 의도적으로 죽였다고 말한다면 뭐라고 할 거야? 내가 그걸 치려고 했다면?"

그녀는 잠시 아무런 관심 없이 그를 물끄러미 보았다. 아무 말도 하지 않았다. 그러자 그에게서 뭔가가 분명해졌다. 한편으로 그건, 그는 나중에 생각했다, 그녀가 그를 바라볼 때 짓는 그 따분하고 무관심한 표정의 결과였고, 한편으로는 그의 마음 상태의 결과였다. 어쨌든 갑자기 그는 자신이 이제는 어떤 가치판단도 할 수 없다는 사실을 이해했다. 준거틀이 없다, 는 것이 그의 마음을 스쳐간 구절이었다.

"그게 사실이야?" 그녀가 말했다.

그는 고개를 끄덕였다. "위험할 수도 있었어. 앞유리를 뚫고 들어올 수도 있었거든. 하지만 그게 다가 아니었지."

"틀림없이 그게 다가 아니었겠지. 네가 그렇게 말한다면, 제리. 하지만 놀랍지는 않네, 혹시 내가 놀랄 거라고 생각한다면 말이야. 나는 놀라지 않아." 그녀가 말했다. "너의 어떤 것도 이젠 놀랍지 않아. 너는 즐기고 있잖아, 안 그래?"

그들은 포터로 들어서고 있었다. 그는 속도를 줄이고 간판에서 광고를 보았던 식당을 찾기 시작했다. 그는 시내로 몇 블록 들어간 곳에서 식당을 찾아 그 앞 자갈이 덮인 주차장에 차를 세웠다. 아직 이른아침이었다. 그가 큰 차를 천천히 세우고 주차 브레이크를 채우는 동안 식당 안의 머리들이 그들 쪽으로 움직였다. 그는 차 열쇠를 뽑았다. 그들은 앉은 채 고개를 돌려 서로 마주보았다.

"이제 배 안 고파." 그녀가 말했다. "그거 알아? 너를 보면 입맛이 떨어져."

"나를 보면 내 입맛부터 떨어져."

그녀는 계속 그를 물끄러미 보았다. "네가 뭘 하는 게 좋겠는지 알아, 제럴드? 넌 뭐라도 좀 하는 게 좋겠어."

"뭐라도 생각해볼게." 그는 차문을 열고 내렸다. 차 앞에서 허리를 굽히고 부서진 전조등과 우묵하게 들어간 펜더를 살폈다. 그런 다음 차 반대편 옆으로 가 그녀를 위해 문을 열어주었다. 그녀는 망설이다가 차에서 내렸다.

"열쇠." 그녀가 말했다. "차 열쇠, 좀."

그는 지금 영화의 한 장면을 촬영하고 있고 이것이 다섯번째나 여섯번째 테이크라는 느낌이 들었다. 하지만 다음에 무슨 일이 벌어질지 아직도 분명치 않았다. 갑자기 뼛속 깊이 피로를 느껐지만 동시에 도취한 듯한 느낌, 뭔가의 가장자리에 올라선 느낌이 들기도 했다. 그는 열쇠를 주었다. 그녀는 손을 쥐어 주먹을 만들었다.

그가 말했다. "그럼 작별을 해야 할 것 같네, 셜리. 너무 멜로드라마처럼 들리지 않으면 좋겠지만." 그들은 거기 식당 앞에 서 있었다. "내 인생을 좀 정리해볼게. 우선 일자리, 진짜 일자리를 찾을게. 그냥 한동안 아무도 안 볼게. 됐지? 눈물은 없는 거야, 알았지? 우리는 여전히 친구일 거야, 당신이 그걸 원한다면. 우리는 좋은 시간도 좀 보냈잖아, 그렇지?"

"제럴드, 너는 나한테 아무것도 아냐." 셜리가 말했다. "너는 비열한 놈이야. 지옥에나 가, 이 개자식아."

식당 안에서 웨이트리스 두 명과 작업복 차림의 남자 몇 명이 모두 앞유리 쪽으로 다가왔다. 바깥의 여자가 손등으로 남자의 따귀를 때리자 구경을 하려는 것이었다. 안에 있던 사람들은 처음에는 충격을 받았다가 이내 이 장면에 재미를 느끼기 시작했다. 이제 주차장의 여자는 도로를 가리키며 손가락을 흔들었다. 아주 극적이었다. 하지만 남자는 이미 걷고 있었다. 돌아보지도 않았다. 안에 있는 사람들은 여자가 무슨 말을 하는지 듣지 못했지만 남자가 계속 걸어가고 있었기 때문에 어떤 상황인지 알 것 같다고 생각했다.

"하느님, 여자가 제대로 한 방 먹였네, 안 그래?" 한 웨이트리스가 큰 소리로 말했다. "남자가 차인 거야, 틀림없어."

"저치가 여자를 다룰 줄 모르는구면." 모든 걸 지켜본 한 트럭 운전사가 말했다. "돌아가서 그냥 박살을 내버려야지."

상자들

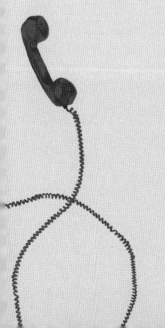

어머니는 짐을 다 쌌고 이사할 준비는 끝났다. 하지만 일요일 오후, 마지막 순간에 전화를 해서 우리에게 와서 함께 식사하자고 한다. "여기 냉장고에서 성에를 제거하고 있어." 어머니가 나에게 말한다. "상하기 전에 이 닭을 튀겨야 해." 어머니는 우리 접시와 함께 나이프와 포크도 몇 개 가져오라고 말한다. 그녀의 접시와 부엌세간은 대부분 싸놓았다. "와서 마지막으로 나하고 같이 먹어." 그녀가 말한다. "너하고 질하고."

나는 전화를 끊고 잠시 창가에 선 채 움직이지 않는다. 어떻게 돌아가는 건지 이해하고 싶다. 하지만 이해는 되지 않는다. 그래서 마침내 질을 돌아보며 말한다. "작별 식사나 하러 어머니네 가지."

질은 시어스백화점 카탈로그를 앞에 놓고 식탁에 앉아 새로 달 커튼을 찾고 있다. 하지만 다 듣고 있었다. 그녀는 얼굴을 찌푸린다. "꼭 가야 해?" 그녀가 말한다. 그녀는 보던 페이지의 귀퉁이를 접고 카탈로그를 덮는다. 한숨을 쉰다. "하느님, 지난달만 해도 식사하러 두세 번 갔다 왔잖아. 정말 떠나시기는 하는 거야?"

질은 늘 마음에 있는 말을 한다. 그녀는 서른다섯 살이고 머리를 짧게 유지하고 개 미용으로 먹고산다. 개 미용사, 이건 그녀가 좋아하는 일인데 이 일을 하기 전에는 주부이고 어머니였다. 그 시절에 지옥문이 완전히 열려버렸다. 첫 남편이 오스트레일리아에서 함께 살려고 두 아이를 납치해 데려갔다. 두번째 남편은 술꾼이었는데 그녀의 고막을 찢어놓고 떠났다가 그들의 차를 몰고 다리를 뚫고 엘화강으로 뛰어들었다. 생명보험은커녕 손해보험도 들지 않은 상태였다. 질은 돈을 빌려 그를 묻어야 했는데 그런 뒤에—놀라지 말라—다리 수리비 청구서까지 날아왔다. 게다가 그녀는 자기 병원비도 대야 했다. 이제 그녀는 그 이야기를 할 수 있다. 자신을 추슬렀기 때문이다. 하지만 나의 어머니에게는 그녀의 인내심이 바닥났다. 나의 인내심도 바닥났다. 하지만 달리 선택지가 보이지 않는다.

"모레 떠나잖아." 나는 말한다. "이봐, 질, 굳이 애쓸 필요 없

어. 함께 가고 싶어 안 가고 싶어?" 어느 쪽이든 나는 상관없다
고 말한다. 그녀가 편두통이 있다고 말하겠다. 전에 거짓말을 한
적이 없는 것도 아니고.

"갈게." 그녀가 말한다. 그러고 나서 후다닥 일어나 욕실로 들
어가는데 그곳이 그녀가 뿌루퉁해지고 싶을 때면 찾는 곳이다.

우리는 지난 8월부터 함께 지내왔는데 그 무렵 캘리포니아에
있던 어머니가 여기 위쪽 롱뷰*를 콕 찍어서 이사하겠다고 결정
했다. 질은 그 상황에서 어떻게든 잘해보려고 노력했다. 하지만
우리가 막 함께 어떻게 좀 해보려 할 때 어머니가 우리 동네로
온 것은 우리 둘 다 대비하지 못하고 있던 일이었다. 질은 첫 남
편의 어머니와 있었던 일들이 떠오른다고 말했다. "들러붙는 사
람이었어." 질은 말했다. "무슨 말인지 알지? 숨막혀 죽는 줄 알
았다니까."

공평하게 어머니 이야기도 하자면 어머니는 질을 훼방꾼으로
보고 있다. 어머니 입장에서 질은 그저 내 아내가 떠난 뒤 내 인
생에 나타난 일련의 여자들 가운데 또 한 사람일 뿐이다. 어머니
의 마음속에서 질은 아마도 그녀만 없다면 자신에게 돌아올 수
도 있을 애정, 관심, 또 심지어 돈 몇 달러까지도 빼앗아갈 사람

---

* 캘리포니아 북쪽 워싱턴주에 있다.

이다. 존중받을 만한 사람? 그건 절대 아니고. 기억이 난다—어떻게 잊겠는가?—어머니는 우리가 결혼하기 전에 내 아내를 창녀라고 불렀고 십오 년 뒤 아내가 다른 사람 때문에 나를 떠나자 다시 창녀라고 불렀다.

질과 어머니는 함께 있게 되면 모자람 없이 친근하게 행동한다. 만나거나 헤어지며 인사를 할 때면 서로 끌어안는다. 특별한 쇼핑거리 이야기를 한다. 하지만 질은 어머니와 함께 보내야만 하는 시간을 두려워한다. 어머니가 짜증을 돋운다고 주장한다. 질은 어머니가 그녀의 연배에 속하는 다른 사람들과 마찬가지로 모든 것과 모든 사람에게 부정적인데 거기서 빠져나올 출구를 찾아야만 한다고 말한다. 가령 뜨개질을 하든가, 아니면 고령시민센터에서 카드 게임을 하든가, 그도 아니면 교회에 가든가. 어쨌든 뭔가 해야 우리를 가만 내버려둘 거다. 하지만 어머니는 자기 나름으로 문제를 푸는 방법이 있었다. 어머니는 캘리포니아로 돌아가겠다고 선언했다. 이 동네의 모든 것과 모든 사람은 다 나가 뒈지라고 해라. 세상에 이런 데가 다 있나! 이곳을 다 주고 비슷한 곳 여섯 군데를 더 준다 해도 이런 동네에서는 계속 살지 않겠다.

이사하기로 하고 나서 하루이틀 내에 어머니는 상자에 짐을 싸기 시작했다. 그게 지난 1월이었다. 아니 어쩌면 2월. 어쨌든 지난겨울 언젠가였다. 그리고 지금은 6월 말이다. 상자들은 몇 달째 어머니 집 여기저기에 터를 잡고 있다. 이 방에서 저 방으로 가려면 상자를 돌아가거나 넘어가야 한다. 이건 누구의 어머니라도 사는 꼴이라고 할 수 없다.

잠시 후, 십 분 정도 지났을까, 질이 욕실에서 나온다. 나는 꽁초를 하나 발견해 옹색하게 피우고 진저에일을 병째 들고 마시면서 이웃이 자동차 오일을 가는 걸 지켜보고 있다. 질은 내 쪽을 보지 않는다. 대신 부엌으로 들어가 접시 몇 개와 포크와 나이프를 종이봉투에 넣는다. 하지만 그녀가 거실을 거쳐 돌아오자 나는 자리에서 일어서고 우리는 서로 가볍게 끌어안는다. 질이 말한다. "괜찮아." 뭐가 괜찮을까, 궁금하다. 내가 보는 한, 아무것도 괜찮지 않다. 하지만 그녀는 나를 안고 계속 어깨를 두드려준다. 그녀 몸에서 애완견 샴푸 냄새가 난다. 그녀는 그놈의 걸로 몸을 싸 바른 채 퇴근한다. 그게 어디에나 따라다닌다. 우리가 함께 침대에 있을 때도. 그녀는 마지막으로 한번 더 어깨를 두드려준다. 그런 뒤 우리는 밖으로 나가 차로 가서 동네를 가로질러 어머니 집으로 간다.

나는 지금 사는 곳이 마음에 든다. 처음에 이사왔을 때는 그렇지 않았다. 밤에 할 것이 전혀 없었고 외로웠다. 그러다 질을 만났다. 곧, 몇 주 뒤에, 그녀가 짐을 들고 와서 나와 함께 살기 시작했다. 우리는 아무런 장기 목표를 세우지 않았다. 우리는 행복했고 함께하는 삶을 누렸다. 서로 마침내 행운이 찾아왔다고 말했다. 하지만 어머니의 삶에는 아무런 일도 일어나지 않았다. 그래서 나한테 편지를 써서 이곳으로 이사하기로 했다고 말했다. 나는 별로 좋은 생각 같지 않다고 답장을 썼다. 겨울에는 날씨가 끔찍하다, 나는 말했다. 동네에서 몇 마일 떨어진 곳에 감옥을 짓고 있다, 나는 어머니에게 말했다. 여름 내내 관광객 차가 꼬리를 물고 이어진다, 나는 말했다. 하지만 어머니는 내가 보낸 편지들을 받아보지 못한 것처럼 행동하다가 기어코 왔다. 그뒤 이 동네에 산 지 한 달에서 조금 모자랐을 때 이곳이 싫다고 말했다. 자신이 여기 온 것이 내 잘못인 양, 이곳의 모든 게 그렇게 못마땅하다는 걸 알게 된 게 내 잘못인 양 행동했다. 계속 전화를 해서 이곳이 얼마나 형편없는지 모른다고 말했다. "죄책감의 덫을 놓는 거야." 질은 그걸 그렇게 불렀다. 어머니는 버스 운행이 엉망이고 기사들이 불친절하다고 말했다. 고령시민센터 사람들에 관해서는—뭐, 어머니는 카지노 놀음은 하고 싶어하지 않았다. "다들 지옥에나 가라 그래. 갈 때 카드 게임도 가져가고." 그녀는 말했다. 슈퍼마켓 직원들은 못됐고 주유소 애들은 그녀나 그녀의 차에 요만치도 관심을 두지 않았다. 그리고 자신에게 세를 준 남자, 래리 해드록에 관해서는 마음을 정리했다. 래리 왕, 어머니는 그를 그렇게 불렀다. "세줄 판잣집 몇 채에 돈 몇 달러 있다고 지가 모든 사람보다 우월한 줄 알아. 그 사람이 처음부터 눈에 띄지도 않았으면 정말 좋았을걸."

어머니가 도착한 8월은 그녀에게 너무 더웠고, 9월에는 비가 내리기 시작했다. 몇 주 동안 거의 매일 비가 내렸다. 10월이 되자 추워졌다. 11월과 12월에는 눈이 왔다. 하지만 그 오래전에 이미 어머니는 이곳과 이곳 사람들을 두고 험한 말을 입에 담기 시작해 나는 이제 더는 듣고 싶지 않을 지경이 되었으며, 그래서 마침내 그렇게 어머니에게 말했다. 어머니는 울었고, 나는 어머니를 끌어안으며 그걸로 그 문제는 끝났겠거니 생각했다. 하지만 며칠 지나자 어머니는 다시, 똑같이 되풀이하기 시작했다. 크리스마스 직전 어머니는 전화를 해서 내가 언제 선물을 들고 들를 것인지 물었다. 트리를 세우지도 않았고 그럴 생각도 없다, 그녀는 말했다. 그러다가 다른 말도 했다. 이 날씨가 나아지지 않으면 자살을 하겠다.

"제정신이 아닌 소리 하지 마세요." 내가 말했다.

어머니가 말했다. "진심이야, 허니. 관에 들어가서가 아니면 이곳을 다시 보고 싶지 않아. 이 저주받은 곳이 싫어. 내가 왜 여기로 이사왔는지 모르겠구나. 그냥 콱 죽어서 어서 끝냈으면 좋겠다."

수화기를 꽉 붙든 채 어떤 남자가 전봇대 높이 올라가 전선을 갖고 뭔가를 하는 모습을 지켜보던 게 기억난다. 남자의 머리 주위에서 눈이 소용돌이쳤다. 내가 지켜보는 가운데 그가 전봇대에서 바깥쪽으로 몸을 기울였다. 그를 지탱해주는 건 안전띠뿐이었다. 저러다 떨어지면, 나는 생각했다. 이제 무슨 말을 해야 할지 전혀 알 수가 없었다. 무슨 말이든 하기는 해야 했다. 하지만 나는 무가치한 감정으로, 어떤 아들도 인정하고 싶지 않을 생각으로 가득차 있었다. "내 어머니시잖아요." 마침내 내가 말했다. "내가 어떻게 도와드리면 돼요?"

"허니, 네가 할 수 있는 건 아무것도 없어." 어머니가 말했다. "뭔가 할 수 있었던 시간은 왔다가 가버렸어. 이젠 뭔가 하기에는 너무 늦었어. 나도 여기 사는 걸 좋아하고 싶었어. 우리가 함께 소풍도 가고 드라이브도 다닐 줄 알았지. 하지만 그런 일은 한 번도 없었잖아. 넌 늘 바쁘지. 늘 나가서 일하고 있어, 너하고 질은. 집에 있지를 않아. 집에 있어도 온종일 전화기를 뽑아놓고 있어. 어쨌든, 나는 너희를 볼 수가 없어." 어머니는 그렇게 말했다.

"그건 사실이 아니에요." 내가 말했다. 실제로 사실이 아니었다. 하지만 어머니는 내 말을 듣지 못한 것처럼 자기 말을 이어 갔다. 어쩌면 진짜로 듣지 못한 걸 수도 있다.

"게다가 이놈의 날씨 때문에 죽겠어. 여기는 염병 너무 추워. 왜 여기가 북극이란 얘기를 나한테 안 해준 거야? 해줬으면 아예 오질 않았지. 캘리포니아로 돌아가고 싶구나, 허니. 거기서는 밖에 나가 돌아다닐 수가 있어. 하지만 여기서는 갈 수 있는 데를 알지를 못해. 저기 캘리포니아에는 사람들이 있어. 나한테 무슨 일이 있는지 관심을 가지는 친구들이 있어. 여기서는 염병 아무도 관심도 없어. 뭐 이젠 그저 6월까지 버티게만 해달라고 기도할 뿐이야. 그렇게 오래 버틸 수 있으면, 6월까지만 살아 있을 수 있으면 이곳을 영원히 떠날 거니까. 여긴 내가 살아본 최악의 장소야."

내가 무슨 말을 할 수 있을까? 나는 뭐라고 해야 할지 알 수가 없었다. 심지어 날씨 이야기도 할 수 없었다. 날씨야말로 진짜로 아픈 지점이었다. 우리는 인사를 하고 전화를 끊었다.

여름이면 다른 사람들은 휴가를 떠나지만 어머니는 이사를 간다. 어머니는 오래전, 아빠가 일자리를 잃은 뒤부터 이사를 다니기 시작했다. 그 일이 벌어지면, 아빠가 실직하면, 그들은 그게 반드시 해야 할 일이기라도 한 것처럼 집을 팔고 상황이 나으리라 여겨지는 곳으로 갔다. 하지만 그곳에서도 상황은 전혀 나아지지 않았다. 그들은 다시 이사했다. 계속 이사했다. 셋집, 아파트, 이동주택, 심지어 모텔에서도 살았다. 계속 이사했고 한 번 이사할 때마다 짐이 줄었다. 두어 번 내가 사는 동네에 들이닥치기도 했다. 한동안 아내와 내가 있는 집에 들어와 살다가 다시 이사해 갔다. 이런 점에서 그들은 이주하는 동물들 같았으나 이동에 아무런 패턴이 없다는 게 다른 점이었다. 그들은 오랫동안 이사를 다녔으며, 가끔은 주를 떠나 더 푸른 초원이 있다고 생각하는 곳으로 가기도 했다. 그러나 대부분은 캘리포니아 북부를 떠나지 않고 그곳에서 이사를 다녔다. 그러다 아빠가 죽었고, 나는 어머니가 이사를 그만두고 한동안 한곳에 머물 줄 알았다. 하지만 그러지 않았다. 어머니는 계속 이사했다. 한번은 정신과의사를 찾아가보라고 권하기도 했다. 심지어 내가 돈을 대겠다고까지 했다. 하지만 어머니는 들으려 하지 않았다. 대신 짐을 싸서 동네 밖으로 이사해버렸다. 나도 상황이 절박했고, 그렇지 않았다면 정신과의사 이야기 같은 건 하지 않았을 것이다.

어머니는 늘 짐을 싸는 또는 푸는 과정중에 있었다. 가끔 같은 해에 두세 번 이사하기도 했다. 떠나는 곳에 대해서는 신랄하게 이야기하고 가는 곳에 대해서는 낙관적으로 이야기했다. 우편물이 엉키고 보조금 수표가 다른 곳으로 가는 바람에 그 모든 걸 바로잡으려고 몇 시간씩 편지를 썼다. 가끔 어떤 아파트에서 나

82

와 몇 블록 떨어진 다른 아파트로 갔다가 한 달 뒤에 이사 나왔던 곳으로 돌아가기도 했다. 같은 건물에 층이나 향만 달라졌다. 그래서 어머니가 이곳으로 이사왔을 때 내가 집을 세내고 어머니 마음에 들게 가구가 비치되도록 해놓은 것이다. "어머니는 이사하면서 돌아다니는 기운에 사는 거야." 질은 말했다. "그게 뭔가 할일을 주거든. 거기서 괴상한 즐거움 같은 걸 얻는 게 분명해, 내 짐작으로는." 하지만 즐거움을 얻든 그렇지 않든 질은 어머니가 정신을 놓는 중인 게 분명하다고 생각한다. 나도 그렇게 생각한다. 하지만 자기 어머니에게 어떻게 그런 말을 하나? 실제로 그런 거라면 어떻게 어머니를 상대해야 하나? 제정신이 아니라고 해서 어머니가 다음 이사를 계획하고 실행에 옮기는 일을 멈추는 게 아닌데.

차를 세울 때 어머니는 뒷문에서 우리를 기다리고 있다. 어머니는 일흔이고 머리는 하얗고 테에 라인스톤 장식이 달린 안경을 쓰고 있으며 평생 하루도 아파본 적이 없다. 어머니는 질을 끌어안고 이어 나를 끌어안는다. 술을 마시고 있었던 것처럼 눈이 반짝거린다. 하지만 어머니는 술을 마시지 않는다. 오래전, 아빠가 끊은 뒤에 끊었다. 우리는 안아주기를 끝내고 안으로 들어간다. 오후 다섯시쯤이다. 뭔지는 몰라도 부엌에서 풍기는 냄새를 맡으며 아침식사 이후 아무것도 먹지 않았다는 것이 기억난다. 나의 취기는 이미 다 사라졌다.

"배가 몹시 고프네." 내가 말한다.

"뭔지 냄새가 좋은데요." 질이 말한다.

"맛도 좋아야 하는데." 어머니가 말한다. "이 닭이 다 익었어야 하는데." 어머니는 프라이팬 뚜껑을 들어올리고 닭 가슴살을 포크로 찌른다. "내가 못 견디는 게 설익은 닭이야. 이건 다 익은 거 같은데. 앉지 그래. 아무데나 앉아. 아직도 레인지 조절을 못하겠어. 버너가 너무 빨리 달아올라. 나는 전기 레인지를 좋아하지 않아서 한 번도 산 적이 없어. 그 의자 위의 잡동사니 좀 옮겨라, 질. 난 여기서 염병 집시처럼 살고 있어. 하지만 그것도 이제 얼마 안 남았어, 바라건대는." 내가 재떨이를 찾아 두리번거리는 것이 어머니의 눈에 띈다. "네 뒤에." 어머니가 말한다. "창턱에 있어, 허니. 앉기 전에 저 펩시 좀 따르지 그래? 이 종이컵을 써야 할 거다. 잔도 좀 가져오라고 했어야 하는 건데. 펩시가 차니? 얼음 없는데. 이 냉장고는 어떤 것도 차게 유지를 못해. 염병 아무런 쓸모가 없어. 아이스크림을 넣으면 수프가 돼. 내가 써본 최악의 냉장고야."

어머니는 닭을 포크로 찍어 접시에 올린 뒤 접시를 콩과 콜슬

로와 흰 빵과 함께 식탁에 놓는다. 이윽고 뭐 잊은 게 없는지 두
리번거린다. 소금과 후추! "앉아라." 어머니가 말한다.

우리는 의자를 식탁으로 끌어당기고 질은 봉투에서 접시를 꺼
내 식탁에 앉은 우리에게 나누어준다. "돌아가면 어디에서 사실
거예요?" 그녀가 말한다. "살 곳은 마련해놓으셨어요?"

어머니는 닭을 질에게 건네주고 말한다. "전에 세를 얻었던 부
인한테 편지를 썼어. 답장이 왔는데 일층의 좋은 곳을 내가 쓸
수 있다 하더라고. 버스 정류장에서 가깝고 근처에 가게도 많아.
은행하고 세이프웨이도 있고. 가장 좋은 곳이야. 왜 거길 떠났는
지 모르겠어." 어머니는 그렇게 말하고 콜슬로를 조금 덜어간다.

"그런데 왜 떠나셨어요?" 질이 말한다. "그렇게 좋고 그랬다
면서." 그녀는 닭다리를 집어들고 잠시 보다가 고기를 한입 베어
문다.

"이유를 말해주지. 옆집에 늙은 여자 알코올중독자가 살았어.
아침부터 밤까지 마셨지. 그런데 벽이 하도 얇아서 그 여자가 온
종일 얼음조각 깨무는 소리가 들리는 거야. 돌아다니려면 보행
보조기가 필요한 사람인데도 멈출 줄을 모르더라고. 아침부터
밤까지 그 보조기가 바닥을 바그락, 바그락 긁는 소리가 들렸어.
그 소리하고 냉장고 문 닫히는 소리." 어머니는 자신이 견뎌야
했던 그 모든 것을 향해 고개를 젓는다. "거기서 나와야만 했어.

온종일 바그락, 바그락. 견딜 수가 없었지. 그렇게 살 수는 없었어. 이번에는 관리인한테 말했어, 옆집에 알코올중독자가 절대 없어야 한다. 그리고 이층의 어떤 방도 싫다. 이층에서는 주차장이 내다보여. 거기에서는 아무것도 볼 게 없어." 어머니는 질이 뭔가 말하기를 기다린다. 그러나 질은 아무런 대꾸도 하지 않는다. 어머니는 나를 건너다본다.

나 또한 이리처럼 먹기만 할 뿐 아무 말도 하지 않는다. 어쨌든 그 문제에 관해서는 할말이 더는 없다. 나는 계속 씹으며 냉장고에 기대 쌓아놓은 상자들을 건너다본다. 그러다 콜슬로를 더 담는다.

곧 나는 식사를 끝내고 의자를 뒤로 민다. 래리 해드록이 집 뒤쪽, 내 차 옆에 픽업을 세우고 잔디깎이를 꺼낸다. 식탁 뒤 창너머로 그를 지켜본다. 그는 우리 쪽을 보지 않는다.

"저 사람이 뭘 하려는 거야?" 어머니가 말하며 먹기를 멈춘다.

"여기 풀을 깎으려는 거잖아요, 그렇게 보이는데요." 내가 말한다.

"깎을 필요 없는데." 어머니가 말한다. "저 사람이 지난주에 깎았어. 깎을 게 뭐가 있다고 그래?"

"새 세입자 때문이에요." 질이 말한다. "누가 오든 간에."

어머니는 그 말을 받아들이고 다시 먹기 시작한다.

래리 해드록은 잔디깎이의 시동을 걸고 풀을 깎기 시작한다. 나는 그를 좀 안다. 내 어머니라고 하자 그는 월세를 이십오로 내려주었다. 그는 홀아비다—큰 몸집에 육십대 중반. 우울하지만 유머 감각은 훌륭한 사람. 팔에는 하얀 털이 가득하고 야구모자 밑으로 하얀 머리카락이 튀어나와 있다. 잡지 삽화에 나오는 농부처럼 보인다. 하지만 그는 농부가 아니다. 돈을 조금 모아 은퇴한 건축 노동자다. 초기에는 한동안 그와 어머니가 식사라도 함께하면서 친구가 될 수 있겠다고 멋대로 상상했다.

"왕 납셨네." 어머니가 말한다. "래리 왕. 모든 사람이 저 사람처럼 돈이 많고 큰 집에 살고 다른 사람한테 높은 집세를 물리는 건 아니야. 그래, 여기를 떠나면 저 늙은 싸구려 얼굴은 다시 보지 않았으면 좋겠어. 이 닭 남은 거 다 먹어라." 어머니가 나에게 말한다. 그러나 나는 고개를 젓고 담배에 불을 붙인다. 래리가 잔디깎이를 밀며 창문을 지나간다.

"이제 저 얼굴을 오래 더 보실 필요가 없네요." 질이 말한다.

"그건 정말이지 다행이야, 질. 하지만 저 사람은 내 보증금을 주지 않을 거야, 내가 알아."

"그걸 어떻게 알아요?" 내가 말한다.

"그냥 알아." 어머니가 말한다. "저런 치들은 전에도 겪어봤거든. 얻을 수 있는 건 다 악착같이 챙기려고 들지."

질이 말한다. "이제 조금만 있으면 저 사람하고는 어떤 식으로든 엮일 일이 없겠네요."

"정말 기쁠 거야."

"하지만 딱 저 사람 같은 사람은 또 있을 거예요." 질이 말한다.

"그 생각은 하고 싶지 않구나, 질." 어머니가 말한다.

질이 식탁을 치우는 동안 어머니는 커피를 만든다. 나는 컵을 헹군다. 그런 뒤에 커피를 따르고 우리는 '장신구'라고 적힌 상자를 피해 돌아서 컵을 들고 거실로 들어간다.

래리 해드록은 집 측면에 있다. 집의 앞쪽 바깥에서는 차들이 천천히 움직이고 해는 나무들 너머로 내려가기 시작했다. 잔디 깎이로 인한 소란이 느껴진다. 까마귀 몇 마리가 전화선을 떠나 앞마당의 새로 깎은 풀에 자리를 잡는다.

"보고 싶을 거다, 허니." 어머니가 말한다. 잠시 후 덧붙인다. "너도 보고 싶을 거야, 질. 너희 둘 다 보고 싶을 거야."

질은 커피를 홀짝이고 고개를 끄덕인다. 이윽고 그녀가 말한다. "안전하게 돌아가시고, 도착해서 어머니가 찾는 곳을 찾으셨으면 좋겠어요."

"자리를 잡으면—이게 내 마지막 이사야, 맹세코—찾아와주면 좋겠구나." 어머니가 말한다. 어머니는 나를 보며 확답을 해주기를 기다린다.

"둘이 같이 갈게요." 나는 말한다. 하지만 말하면서도 그게 사실이 아니라는 것을 안다. 그곳에서 내 삶은 내 머리 위로 무너져내렸고 나는 돌아가지 않을 것이다.

"여기에서 더 행복하실 수 있었으면 좋았을 텐데요." 질이 말한다. "버티거나 할 수 있었으면 좋았을 거란 생각이 들어요. 아세요? 아들이 어머니 걱정을 하느라 병이 날 지경이라고요."

"질." 내가 말한다.

하지만 그녀는 고개를 약간 젓더니 말을 이어나간다. "그것 때문에 잠을 못 자기도 해요. 밤에 일어나 이럴 때가 있어요. '잠이 안 와. 어머니 생각을 하고 있어.' 그래," 그녀는 말하며 나를 본다. "말했어. 하지만 이건 내 마음에 걸려 있던 거야."

"내 마음은 어때야 한다고 생각하니?" 어머니가 말한다. 잠시 후에 덧붙인다. "내 나이의 다른 여자들은 행복할 수 있어. 왜 나는 다른 여자들 같을 수 없을까? 내가 원하는 건 내가 살 수 있는, 나를 행복하게 해줄 집 한 채하고 동네뿐이야. 그게 죄는 아니잖아, 안 그래? 아니길 바라. 내가 인생에 너무 많은 걸 요구하는 게 아니길 바라." 어머니는 의자 옆 바닥에 컵을 내려놓고 질이 너무 많은 걸 요구하는 게 아니라고 말해주기를 기다린다. 하지만 질은 아무 말도 하지 않고, 곧 어머니는 행복해질 계획의 윤곽을 이야기하기 시작한다.

잠시 후 질은 눈을 컵으로 내리고 커피를 더 마신다. 그녀가 듣고 있지 않는다는 것을 알 수 있다. 하지만 어머니는 상관하지 않고 계속 이야기한다. 앞마당에서 까마귀들이 풀을 헤치며 나아가고 있다. 잔디깎이가 으르렁거리다 날에 풀 뭉텅이가 걸려 멈추면서 쿵 소리를 낸다. 이내, 몇 번 시도한 끝에 래리는 다시 기계를 움직인다. 까마귀들이 날아올라 전선으로 돌아간다. 질은 손톱을 뜯는다. 어머니는 중고 가구상이 다음날 아침쯤 와서, 버스로 보내거나 차에 싣고 가지 않을 물건을 가져갈 거라고 말하고 있다. 테이블과 의자, 텔레비전, 소파, 침대는 가구상에게 갈거다. 하지만 가구상이 카드 테이블은 자기한테 쓸모가 없다고 말했고, 그래서 어머니는 우리가 원치 않으면 그걸 버릴 거다.

"우리가 가져갈게요." 내가 말한다. 질이 건너다본다. 그녀는 뭔가 말하려다가 마음을 바꾼다.

내가 상자들을 다음날 오후에 그레이하운드 버스 터미널까지 싣고 가 캘리포니아로 보낼 것이다. 어머니는 계획한 대로 마지막 밤을 우리와 보낼 것이다. 그리고 나서 다음날 아침 일찍, 그러니까 지금으로부터 이틀 뒤 떠날 것이다.

어머니는 계속 말을 한다. 이제 곧 떠날 길을 주절주절 묘사한다. 오후 네시까지 운전하고 밤을 보낼 모텔방을 잡을 거다. 어두워질 때까지는 유진에 도착할 거라는 계산이다. 유진은 좋은 곳이다―전에 하룻밤 묵어봤다, 여기 올라오는 길에. 모텔을 떠나면, 동이 틀 무렵에 떠날 건데, 하느님이 보살펴주신다면 오후에 캘리포니아에 도착할 거다. 하느님은 그녀를 보살펴주고 있다. 그녀는 그렇다는 걸 안다. 그렇지 않고서야 그녀가 이 땅 위에서 건사되고 있는 것을 어떻게 설명할까? 하느님에게는 그녀를 위한 계획이 있다. 요즘 기도를 많이 한다. 나를 위해서도 기도하고 있다.

"왜 저 사람을 위해 기도하세요?" 질이 알고 싶어한다.

"그러고 싶으니까. 저애가 내 아들이니까." 어머니는 말한다. "그게 무슨 문제야? 우리 모두 가끔은 누군가 자신을 위해 기도해주는 게 필요한 거 아니야? 어떤 사람들은 필요 없을지도 모르지. 나는 모르겠다. 내가 이제 와서 뭘 알겠니?" 어머니는 이마로 손을 올려 핀에서 흘러나온 머리카락 몇 가닥을 매만진다.

잔디깎이가 푸드득거리며 꺼지고 곧 래리가 호스를 끌고 집을 빙 둘러 가는 것이 우리 눈에 보인다. 그는 호스를 정리해놓고 물을 틀러 다시 천천히 집을 둘러 간다. 스프링클러가 돌기 시작한다.

어머니는 그 집에 이사온 이래 래리가 자신에게 잘못했다고 생각하는 것들을 나열하기 시작한다. 하지만 이제는 나도 듣지 않는다. 나는 어머니가 이제 곧 다시 고속도로를 타고 내려간다는 생각을 하고 있다. 아무도 어머니를 설득하거나 막을 도리가 없다. 내가 무엇을 할 수 있겠는가? 어머니를 묶을 수도 없고 어디에 집어넣을 수도 없다. 결국은 그렇게 될지도 모르지만. 나는 그녀 때문에 걱정한다. 어머니는 나의 가슴앓이다. 어머니는 나에게 남은 가족 전부다. 어머니가 이곳이 마음에 들지 않아 떠나고 싶어하는 것은 안타깝다. 하지만 나는 캘리포니아로 절대 돌아가지 않을 것이다. 그것이 분명해지자 다른 것도 알게 된다. 어머니가 떠나면 나는 아마도 어머니를 다시는 보지 않을 것임을 알게 된다.

나는 어머니를 건너다본다. 어머니는 말을 중단한다. 질이 고개를 든다. 둘 다 나를 본다.

"왜 그러니, 허니?" 어머니가 말한다.

"왜 그래?" 질이 말한다.

나는 의자에서 몸을 앞으로 기울이고 두 손으로 얼굴을 감싼다. 그렇게 잠시 앉아 있자니 그러고 있는 것이 멍청하고 나쁘게 느껴진다. 하지만 어쩔 수 없다. 그러자 나를 이 삶으로 데려온 여자, 그리고 일 년도 지나지 않은 과거에 내가 고른 다른 여자, 둘이 함께 소리를 지르며 일어나 내가 바보처럼 두 손으로 머리를 감싸고 앉아 있는 곳으로 건너온다. 나는 눈을 뜨지 않는다. 스프링클러가 풀을 채찍질하는 소리에 귀를 기울인다.

"왜 그래? 무슨 일이야?" 그들은 말한다.

"괜찮아." 실제로 조금 지나자 괜찮아진다. 나는 눈을 뜨고 머리를 들어올린다. 담배로 손을 뻗는다.

"내 말이 무슨 뜻인지 아시겠죠?" 질이 말한다. "어머니는 이 사람을 미치게 만들고 있다고요. 어머니 걱정으로 미치고 있어요." 그녀는 내 의자 한쪽 옆에 있고 어머니는 반대편에 있다. 그들은 당장이라도 나를 둘로 찢어버릴 수 있다.

"어서 죽어 누구한테도 방해가 되지 않았으면 좋겠구나." 어머니가 조용히 말한다. "정말이지, 이건 더 못 견디겠어."

"커피 좀 더 드실래요?" 내가 말한다. "뉴스를 좀 봐야 할 것 같은데." 내가 말한다. "그러고 나서 질하고 나는 집에 가는 게 좋겠어요."

이틀 뒤 이른아침 나는 어머니에게 어쩌면 마지막일지도 모르는 작별인사를 한다. 질은 그냥 자게 두었다. 한 번쯤 기분전환삼아 지각을 하는 것도 나쁘지 않을 것이다. 개들도 목욕이니 단장이니 하는 것은 좀 기다릴 수 있을 것이다. 계단을 내려가 진입로로 가서 차문을 열어주는 동안 어머니는 내 팔을 붙들고 있다. 어머니는 하얀 슬랙스에 하얀 블라우스와 하얀 샌들 차림이다. 머리는 뒤로 빗어 스카프로 묶었다. 스카프도 하얗다. 좋은 날이 될 것이다. 하늘은 맑고 이미 파랗다.

차 앞좌석에 지도와 커피가 담긴 보온병이 보인다. 어머니는 바로 몇 분 전에 그것을 들고 밖으로 나왔는데 기억나지 않는 것처럼 보고 있다. 어머니는 나를 돌아보며 말한다. "한번 더 안아보자꾸나. 네 목을 사랑해보자꾸나. 이제 오래 너를 못 볼 거란 걸 알고 있어." 어머니는 내 목에 팔을 두르고 자기 쪽으로 잡아당기더니 울기 시작한다. 그러나 거의 즉시 멈추고는 뒤로 한 걸음 물러나 손바닥 아랫부분으로 눈을 찍어누른다. "이러지 않겠다고 했고, 이러지 않을 거야. 하지만 그래도 마지막으로 너를 한번 보게 해주렴. 보고 싶을 거다, 허니." 어머니가 말한다. "그냥 이걸 견디며 살 거야. 가능하다고 생각하지 않았던 일들을 이미 견디고 살았어. 이것도 견디며 살게 될 거야, 아마도." 어머니는 차에 타서 시동을 걸고 잠시 공회전하게 둔다. 창문을 내린다.

"보고 싶을 거예요." 내가 말한다. 정말로 보고 싶을 거다. 결국 그녀는 나의 어머니인데 왜 내가 보고 싶지 않을까? 하지만, 하느님 용서하소서, 마침내 때가 되어 어머니가 떠난다는 것이 반갑기도 하다.

"잘 있어라." 어머니가 말한다. "질한테 어제 저녁 먹은 거 고맙다고 전해줘. 인사도 전해주고."

"그럴게요." 나는 말한다. 뭔가 다른 이야기를 하고 싶어 거기서 있는다. 하지만 무슨 이야기를 해야 할지 알지 못한다. 우리는 계속 웃음을 짓고 서로 안심시키려 하면서 마주본다. 그때 어머니의 눈에 뭔가가 나타나고, 나는 어머니가 고속도로와 그날 운전해야 할 거리를 생각하고 있다고 짐작한다. 어머니는 내게서 눈을 떼더니 길을 바라본다. 이윽고 창문을 올리고 기어를 넣고 교차로로 나가는데, 그곳에서 신호가 바뀌기를 기다려야 한다. 어머니가 차량에 섞여 고속도로를 향해 가는 것을 보고 나는 집으로 돌아가 커피를 마신다. 잠시 슬프지만 이내 슬픔은 사라지고 나는 다른 것들을 생각하기 시작한다.

며칠 뒤 밤에 어머니는 전화를 해서 새로 살 곳에 들어가 있다고 말한다. 새로운 곳으로 옮길 때면 늘 그렇듯이 정리를 하느라 바쁘다. 화창한 캘리포니아에 돌아온 것이 그렇게 좋을 수 없다는 것을 나한테 알려주면 좋아할 것 같았다고 말한다. 하지만 살고 있는 곳 공기 중에 뭐가 있다고, 어쩌면 꽃가루인지도 모르겠다고, 그것 때문에 재채기를 많이 한다고 말한다. 그리고 기억속의 예전보다 차가 많아졌다. 동네에 그렇게 차가 많았던 기억이 없다. 물론 거기 그 아래쪽에서는 모두가 여전히 미친듯이 차를 본다. "캘리포니아 운전자들이지." 어머니가 말한다. "달리 뭘 기대하겠니?" 어머니는 이맘때치고는 덥다고 말한다. 사는 아파트의 에어컨이 제대로 작동하지 않는 것 같다. 나는 관리인과 이야기해보라고 말한다. "그 사람은 필요할 땐 절대 있는 법이 없거든." 어머니가 말한다. 어머니는 캘리포니아로 돌아간 것이 잘못이 아니기를 바란다. 다른 뭔가 이야기하기 전에 잠시 기다린다.

나는 수화기를 귀에 대고 창가에 서서 동네의 불빛과 불이 켜진 가까운 집들을 내다본다. 질은 식탁에서 카탈로그를 보며 귀를 기울이고 있다.

"아직 안 끊었니?" 어머니가 묻는다. "무슨 말을 좀 했으면 좋겠구나."

까닭은 모르겠지만 그 순간 아빠가 어머니에게 상냥하게 이야기할 때 가끔 사용하던 다정한 호칭이 떠오른다—그러니까 아빠가 술에 취해 있지 않던 때에. 오래전이고 나는 아이였지만 늘 그 말이 들리면 기분이 나아지고 두려움이 줄고 미래에 대한 희망이 커졌다. "디어." 아빠는 말하곤 했다. 아빠는 가끔 어머니를 "디어"라고 불렀다—달콤한 호칭. "디어" 하고 부르고는 "가게에 갈 거면 담배 좀 사다줄래?" 하고 말했다. 아니면 "디어, 감기는 좀 나았어?" "디어, 내 커피잔이 어디 있지?"

그다음에 무슨 말을 하고 싶은지 생각해보기도 전에 그 말이 내 입술에서 나간다. "디어." 나는 다시 그 말을 한다. 나는 어머니를 "디어"라고 부른다. "디어, 두려움을 갖지 않으려고 해보세요." 나는 말한다. 나는 어머니에게 사랑한다고, 편지를 쓰겠다고 말한다. 정말이라고. 그리고 작별인사를 하고 전화를 끊는다.

잠시 창에서 움직이지 않는다. 계속 서서 우리 동네의 불이 밝혀진 집들을 내다본다. 지켜보던 중에 차 한 대가 도로에서 빠져나와 진입로로 들어간다. 포치 불이 밝혀진다. 집 문이 열리고 누가 포치로 나와 거기 서서 기다린다.

질은 카탈로그 페이지를 넘기다가 이내 넘기는 것을 멈춘다. "이게 우리가 원하는 거야." 그녀가 말한다. "이게 내가 생각했던 것에 더 가까워. 이것 좀 봐, 응." 하지만 나는 보지 않는다. 커튼에는 한 푼어치도 관심이 없다. "밖에 뭐가 보이는데, 허니?" 질이 말한다. "말해줘."

말해줄 게 뭐가 있을까? 저쪽 사람들은 잠시 끌어안더니 이윽고 함께 집안으로 들어간다. 불은 그냥 켜둔다. 그러다 기억을 하고, 불이 꺼진다.

누가 이 침대를
쓰고 있었든

전화는 한밤중에, 새벽 세시에 오고, 그래서 우리는 무서워 죽을 것 같다.

"받아, 받으라고!" 아내가 소리친다. "하느님, 누구야? 받으라니까!"

불을 찾지 못하지만 나는 결국 전화기가 있는 옆방으로 가고, 벨이 네 번 울린 뒤에 전화를 받는다.

"버드 있나요?" 이 여자가 말한다. 술에 몹시 취했다.

"예수여, 잘못 걸었습니다." 나는 말하고 전화를 끊는다.

불을 켜고 화장실에 들어가는데 그때 전화가 다시 울리기 시작한다.

"전화 받아!" 아내가 침실에서 악을 쓴다. "도대체 뭘 원하는 거래, 잭? 더는 못 견디겠어."

서둘러 화장실에서 나와 전화를 받는다.

"버드?" 여자가 말한다. "뭐하고 있어, 버드?"

"이보세요. 전화 잘못 걸었다니까요. 이 번호로 다시는 걸지 말라고요."

"버드하고 얘기해야 해요."

전화를 끊고 기다리다 벨이 다시 울렸을 때 수화기를 들어 전화기 옆 테이블에 놓는다. 하지만 여자의 목소리가 들린다. "버드, 나하고 얘기 좀 해, 제발." 수화기를 테이블에 모로 뉘어놓은 채 불을 끄고 방문을 닫는다.

침실에 가니 스탠드가 켜져 있고 아내 아이리스는 머리판에 기대앉아 이불 밑으로 두 무릎을 세우고 있다. 등에는 베개를 받치고 자기 자리보다는 내 자리를 더 차지하고 있다. 이불은 끌어올려 어깨에 둘렀다. 담요와 시트는 침대 발치에서 당겨져 빠져나왔다. 우리가 다시 자고 싶다면―어쨌든 나는 다시 자고 싶은데―처음부터 침대 정리를 다시 해야 할 수도 있다.

"도대체 이게 다 무슨 일이야?" 아이리스가 말한다. "전화선을 뽑아놨어야 했어. 우리가 깜빡한 것 같아. 하룻밤 전화선 뽑는 걸 잊어버리면 무슨 일이 생기는지 보라고. 믿어지지가 않아."

아이리스와 내가 함께 살기 시작한 후로 전 아내나 애들 가운데 하나가 우리가 자고 있을 때 전화를 걸어 이야기를 주저리주저리 늘어놓으려 하는 일이 생겼다. 아이리스와 내가 결혼을 한 뒤에도 계속 그랬다. 그래서 우리는 자기 전에 전화선을 뽑기 시작했다. 연중 매일 밤 전화선을 뽑았다, 대체로. 습관이 되었다. 그런데 이번에는 내가 깜빡했다, 그뿐이다.

"어떤 여자가 버드를 찾아." 나는 파자마 차림으로 서 있다. 침대로 들어가고 싶은 마음이지만 들어갈 수가 없다. "취했더라고. 좀 움직여봐, 허니. 수화기를 내려놨어."

"다시 못 거는 거야?"

"못 걸지. 좀 옆으로 가봐, 그 이불도 좀 주고."

그녀는 베개를 꺼내 침대 저쪽 끝 머리판에 받치고 옆으로 움직여 다시 등을 기댄다. 졸려 보이지 않는다. 완전히 깬 것 같다. 나는 침대로 들어가 이불을 좀 덮는다. 하지만 이불이 뭔가 제대로가 아닌 느낌이다. 시트가 전혀 없다. 있는 건 담요뿐이다. 아래를 보니 내 두 발이 삐죽 튀어나와 있다. 몸을 돌려 모로 누워 그녀를 마주보면서 발이 담요 안으로 들어오도록 두 다리를 구부린다. 침대를 다시 정리해야 한다. 그러자고 제안해야 한다. 하지만 만일 지금, 이 순간, 불을 끈다면 우리가 바로 다시 잠들 수 있을지도 모른다는 생각도 하고 있다.

"그쪽 불을 좀 끄는 게 어때, 허니?" 최대한 사근사근하게 말한다.

"우선 담배 한 대 피우자고. 그러고 자는 거야. 담배하고 재떨이 좀 가져와, 응? 우리 담배 피우는 거야."

"자자. 몇시인지 봐." 시계 달린 라디오는 바로 거기 침대 옆에 있다. 그게 세시 반을 가리키는 걸 누구라도 볼 수 있다.

"어서." 아이리스가 말한다. "그 난리를 쳤으니 담배가 필요해."

담배와 재떨이를 가지러 침대에서 나간다. 전화기가 있는 방에 들어가야 하지만 전화기는 건드리지 않는다. 아예 보기도 싫은데 물론 보기는 한다. 수화기는 여전히 테이블에 모로 누워 있다.

다시 침대로 기어들어가 우리 사이의 누비이불에 재떨이를 놓는다. 담배에 불을 붙여 그녀에게 주고 내 담배에도 불을 붙인다.

그녀는 전화기가 울렸을 때 꾸던 꿈을 기억해내려 한다. "대충은 기억나는데 정확히는 기억 안 나. 뭐였냐면, 뭐였냐면―아냐, 지금은 뭐였는지 모르겠어. 자신 없어. 기억이 안 나." 그녀가 마침내 말한다. "염병할 그 여편네하고 그 전화. '버드.' 한 대 패주고 싶네." 그녀는 담배를 끄더니 바로 새 담배에 불을 붙여 연기를 뿜으며 눈앞의 서랍장과 창의 커튼을 멍하니 본다. 머리는 다 풀려 어깨를 감싸고 있다. 그녀는 재떨이를 사용하더니 침대 발치 너머를 물끄러미 보며 기억하려 한다.

하지만 사실 나는 그녀가 무슨 꿈을 꾸었든 관심이 없다. 다시 잠을 자고 싶을 뿐이다. 담배를 다 피우고 끈 다음 그녀가 마저 피우기를 기다린다. 가만히 누워 아무 말도 하지 않는다.

아이리스는 자다가 가끔 난폭한 꿈을 꾼다는 점에서 전 아내와 비슷하다. 밤에 침대에서 팔다리를 휘두르고 아침에 잠을 깨면 땀에 흠뻑 젖고 잠옷은 몸에 달라붙어 있다. 또 전 아내와 마찬가지로 나한테 꿈을 아주 자세히 말해주고 싶어하고 그게 뭘 나타내는지 또는 무엇의 전조인지 추측하고 싶어한다. 전 아내는 밤에 자면서 누가 때리기라도 하는 것처럼 이불을 차내고 소리를 지르곤 했다. 한번은 아주 폭력적인 꿈을 꾸다가 주먹으로 내 귀를 때렸다. 나는 꿈 없는 잠을 자고 있었지만 어둠 속에서 주먹을 내질렀고 그녀는 이마를 맞았다. 그다음부터 우리는 소리를 지르기 시작했다. 둘 다 소리를 지르고 또 질렀다. 우리는 서로 다치게 했지만, 무엇보다 겁에 질려 있었다. 도대체 무슨 영문인지 모르고 있다가 마침내 내가 스탠드를 켰고 그때부터 수습을 했다. 나중에 우리는 그 일을 두고 농담을 했다—자다 말고 주먹질. 하지만 그다음에는 훨씬 심각한 다른 일이 많이 일어나기 시작해 우리는 그날 밤 일은 대체로 잊어버렸다. 결국 그 이야기는 다시 하지 않았다, 심지어 서로 놀릴 때조차도.

한번은 밤에 잠을 깨니 아이리스가 자면서 이를 갈고 있었다. 그런 희한한 일이 내 귀 바로 옆에서 일어나 내가 잠을 깨고 만

것이다. 나는 그녀를 약간 흔들었고 그녀는 이 가는 것을 멈추었다. 다음날 아침 그녀는 아주 나쁜 꿈을 꾸었다고 말했지만 그게 내게 말해준 전부였다. 나는 더 자세히 말해달라고 다그치지 않았다. 뭐가 그렇게 나빴기에 이야기하고 싶지 않았는지 정말이지 알고 싶지 않았던 듯하다. 자면서 이를 간다고 말하자 그녀는 얼굴을 찌푸리며 어떻게 좀 해봐야겠다고 말했다. 다음날 밤 그녀는 나이트가드라는 걸 집에 가져왔다―자면서 입에 끼워야 하는 물건이었다. 어떻게든 해봐야 한다, 그녀는 말했다. 이를 계속 갈고 있을 수는 없다, 그러다간 곧 하나도 남아나지 않을 거다. 그래서 그녀는 이 보호장치를 입에 끼우고 잤는데 일주일 정도 그러고 나서 그만두었다. 불편하고, 어쨌든 미용에 별로 도움이 되지 않는다고 했다. 그런 걸 입에 끼고 있는 여자한테 누가 키스하고 싶겠는가, 그녀는 말했다. 일리 있는 말이었다, 물론.

또 한번은 그녀가 내 얼굴을 쓰다듬으며 나를 얼이라고 부르는 바람에 잠을 깼다. 나는 그녀의 손을 잡고 손가락을 꽉 쥐었다. "왜 그래?" 내가 말했다. "왜 그래, 스위트하트?" 하지만 그녀는 대답하는 대신 그냥 마주 손을 꽉 쥐고 한숨을 쉬더니 이윽고 다시 잠잠해졌다. 다음날 아침 어젯밤에 무슨 꿈을 꾸었느냐고 묻자 아무런 꿈도 꾸지 않았다고 주장했다.

"그럼 얼이 누구야? 자면서 말하던 그 얼이 누구야?" 그녀는 얼굴을 붉히더니 얼이라는 이름을 가진 사람은 아무도 모르고 안 적도 없다고 말했다.

스탠드에는 아직 불이 밝혀져 있고 달리 생각할 게 없기 때문에 나는 전화기에서 내려놓은 수화기 생각을 한다. 전화를 끊고 코드를 뽑아야 한다. 그런 다음 우리는 잠 생각을 해야 한다.

"가서 저 전화기 처리하고 올게. 그런 다음에 자도록 하자고."

아이리스는 재떨이를 사용하며 말한다. "이번에는 선을 확실하게 뽑아."

나는 다시 일어서서 옆방으로 가 문을 열고 불을 켠다. 수화기는 여전히 테이블에 모로 누워 있다. 신호음이 들리기를 기대하며 귀에 갖다댄다. 하지만 아무 소리도, 신호음조차도 들리지 않는다.

충동적으로 한마디 한다. "여보세요."

"오, 버드, 당신이구나." 여자가 말한다.

전화를 끊고 벨이 다시 울리기 전에 허리를 굽혀 벽에서 선을 뽑는다. 이건 새롭다. 이번 일은 수수께끼다, 이 여자와 그녀의 버드라는 인간. 아이리스에게 이 새로운 전개를 어떻게 이야기해야 할지 모르겠다. 더 많은 토론과 더 많은 추측을 낳을 뿐이기 때문이다. 일단 아무 말도 하지 않기로 한다. 어쩌면 아침을 먹으며 뭔가 이야기해볼 수도 있을 거다.

침실로 돌아오니 그녀가 새 담배를 물고 있는 게 보인다. 새벽 네시가 다 되었다는 것도 보인다. 걱정이 되기 시작한다. 네시니 곧 다섯시가 될 거고 그다음에는 여섯시가 될 거고 그다음에는 여섯시 반, 그다음에는 출근할 시간이다. 나는 다시 누워 눈을 감고 예순까지 천천히 세고 난 뒤에 불 끄란 이야기를 하든가 말든가 하기로 한다.

"막 기억이 나고 있어." 아이리스가 말한다. "되살아나고 있어. 듣고 싶어, 잭?"

세는 걸 멈추고, 눈을 뜨고, 일어나 앉는다. 방에는 담배 연기가 자욱하다. 나도 한 대 불을 붙인다. 뭐 어떠랴. 잠 같은 건 집어치우자.

그녀가 말한다. "꿈에서 파티가 벌어지고 있었어."

"그게 벌어질 때 나는 어디 있었고?" 대체로, 무슨 이유에서인지, 나는 그녀 꿈에 등장하지 않는다. 그게 약간 짜증이 나지만 말은 하지 않는다. 다시 내 두 발이 드러나 있다. 발을 이불 밑으로 잡아당기고 팔꿈치에 기대 몸을 일으켜 재를 떤다. "또 내가 나오지 않는 꿈이야? 상관없어, 그렇다 해도." 담배를 빨고 연기를 가두었다가 내보낸다.

"허니, 당신은 꿈에 없었어." 아이리스가 말한다. "안됐지만 당신은 없었어. 어디에도 없었어. 하지만 당신이 보고 싶었어. 정말로 보고 싶었어, 그건 분명해. 당신이 근처 어딘가에 있는 건 분명한데 내가 있었으면 하는 곳에는 없는 것 같았어. 당신도 내가 가끔 그런 불안 상태에 빠진다는 거 알잖아. 함께 사람이 모이는 데 갔다가 둘이 떨어지게 되고 그러다 당신을 못 찾을 때. 그거하고 약간 비슷했어. 당신은 있었어, 내 생각에. 하지만 찾을 수가 없었어."

"계속해봐, 꿈 얘기를 해봐."

그녀는 허리와 다리의 이불을 다시 매만지고 담배로 손을 뻗는다. 그녀를 위해 라이터를 대준다. 이윽고 그녀는 파티를 묘사하기 시작하는데 거기에서는 맥주만 주었다. "나는 맥주를 좋아하지도 않잖아." 그래도 그녀는 많이 마셨고, 막 떠나려는데—집에 가려는데, 그녀가 말한다—이 작은 개가 그녀의 드레스 자락을 잡아 떠나지 못하게 했다.

그녀는 웃음을 터뜨리고 나도 그녀를 따라 곧바로 웃음을 터뜨린다, 시계를 보니 바늘이 네시 반에 가까워졌다는 걸 알 수 있지만.

그녀의 꿈속에서는 어떤 음악이 연주되고 있었다—어쩌면 피아노, 아니면 아코디언이었나, 누가 알겠는가? 꿈이란 가끔 그런

식이다. 그녀가 말한다. 어쨌든 전남편이 나타난 건 희미하게 기억난다. 그가 맥주를 나르는 사람이었을지도 모른다. 사람들은 플라스틱 컵을 이용해 통에서 맥주를 따라 마시고 있었다. 그녀는 심지어 그와 춤을 추었을지도 모른다고 생각했다.

"왜 나한테 이 이야기를 하는 거야?"

그녀가 말한다. "이건 꿈이었어, 허니."

"좀 마음에 들지 않아. 당신이 밤 내내 여기 내 옆에 있어야 하는데 그게 아니라 이상한 개와 파티와 전남편들 꿈을 꾸고 있다는 걸 알게 되니까. 당신이 그 사람하고 춤을 추는 게 마음에 들지 않아. 도대체 이게 뭐야? 내가 캐럴하고 춤을 추며 밤을 보내는 꿈을 꾸었다고 말하면 어떨까? 당신은 그게 좋겠어?"

"그냥 꿈이잖아, 응? 나한테 괴상하게 굴지 마. 이제 더 말하지 않을게. 하면 안 된다는 걸 알겠어. 좋은 생각이 아니라는 걸 알겠어." 그녀는 손가락을 천천히 입술로 가져간다. 가끔 생각을 할 때 나오는 버릇이다. 얼마나 열심히 집중하고 있는지가 얼굴에 드러난다. 이마에 잔주름이 생기기 때문이다. "당신이 꿈에 없었던 건 아쉬워. 하지만 있었다고 하면 거짓말을 하는 거잖아, 응?"

나는 고개를 끄덕인다. 괜찮다는 걸 보여주려고 그녀의 팔을 어루만진다. 사실 상관없다. 실제로 그런 것 같다, 아마도. "그래서 어떻게 됐어, 여보? 꿈 얘기를 마저 해봐." 내가 말한다. "그러면 잘 수 있을지도 모르잖아." 다음에 어떻게 되었는지 알고 싶은 것 같기도 하다. 마지막에 들은 것, 그녀는 제리와 춤을 추고 있었다. 뭐가 더 있다면 들을 필요가 있다.

그녀는 등뒤의 베개를 툭툭 쳐 부풀리더니 말한다. "그게 기억나는 전부야. 더는 기억나지 않아. 그때 염병할 전화벨이 울린 거야."

"버드." 내가 말한다. 스탠드 아래 불빛 속에 연기가 떠도는 것이 보인다. 연기는 방의 공기 중에 머물고 있다. "창문을 좀 여는 게 좋겠다." 내가 말한다.

"그거 좋은 생각이야. 이 연기 좀 내보내야지. 우리한테 조금도 좋을 리가 없어."

"제장, 안 좋고말고."

나는 다시 일어나 창으로 가서 몇 인치 들어올린다. 안으로 들어오는 시원한 공기를 느낄 수 있다. 멀리서 트럭이 비탈을 오르며 기어를 낮추는 소리가 들린다. 비탈은 트럭을 고개까지 데려간 뒤 계속해서 그 너머 다음 주州로 들여보낼 것이다.

"아마 곧 우리는 미국에 남은 최후의 흡연자가 될 거야." 그녀가 말한다. "진지하게 하는 말인데 끊는 걸 생각해봐야 해." 그녀는 담배를 끄고 재떨이 옆의 담뱃갑을 향해 다시 손을 뻗으며 그 말을 한다.

"흡연자들을 마음껏 사냥하는 기간이지." 내가 말한다.

나는 침대로 돌아간다. 이불은 제멋대로 돌아가 있고 시간은 새벽 다섯시다. 오늘밤에 더 자기는 글른 것 같다. 하지만 그래서 자지 않으면 또 어떤가? 안 되는 법이라도 있나? 자지 않으면 우리한테 무슨 나쁜 일이 생기나?

그녀는 손가락으로 머리카락을 조금 잡는다. 잠시 후 그것을 귀 뒤로 넘기면서 나를 보며 말한다. "최근에 이마에 이 핏줄이 느껴졌어. 가끔 여기서 맥박이 뛰어. 고동쳐. 내가 무슨 말을 하는지 알아? 당신도 이런 게 있었는지 모르겠네. 생각하기도 싫지만 아마 머지않아 뇌졸중이나 그런 게 올 거야. 그게 이런 식으로 생기는 거 아냐? 머리의 핏줄이 터져서? 아마 나한테 그런 일이 생길 거야, 결국. 어머니, 할머니, 그리고 이모 한 명도 뇌졸중으로 죽었어. 집안에 뇌졸중 내력이 있어. 그런 내력이 있을 수 있는 거잖아. 유전적인 거야. 심장병, 지나치게 살이 찌는 거, 또 뭐 그런 것들처럼. 어쨌든," 그녀는 말한다, "언젠가 나한테 무슨 일이 생길 거야. 그렇지? 그러니까 어쩌면 그 무슨 일이 그걸 수도 있다는 거지─뇌졸중. 아마 나는 그걸로 갈 거야. 이게 그 시작일 수도 있다는 느낌이 들어. 처음에는 조금 맥박이 뛰어, 관심을 끌고 싶은 것처럼, 그러다 고동치기 시작해. 툭, 툭, 툭.

너무 겁이 나서 정신이 멍해져. 우리 너무 늦기 전에 이 염병할 담배를 끊으면 좋겠어." 그녀는 남은 담배를 보다가 재떨이에 으깨듯이 비비고 손바람으로 연기를 날려보내려 한다.

나는 누워서 천장을 살피며 이게 새벽 다섯시에만 나눌 수 있는 종류의 대화라고 생각한다. 뭔가 말해야만 할 듯한 느낌이다. "나는 쉽게 숨이 가빠져. 전화를 받으러 저기 달려갔을 때도 숨을 헐떡거리고 있었어."

"그건 불안 때문이었을 수도 있어." 아이리스가 말한다. "누가 그런 걸 원하겠어, 사실! 어떤 사람이 이 시간에 전화를 건다고 생각해봐! 그 여자 팔다리를 쫙쫙 찢어버릴 수 있을 것 같아."

나는 침대에서 몸을 일으켜 머리판에 등을 기댄다. 좀 편해지려고 베개를 등뒤에 받쳐본다, 아이리스처럼. "한 적이 없는 이야기를 해줄게. 나는 가끔 가슴이 두근거려. 심장이 미쳐버리는 것 같아." 그녀는 나를 가까이서 들여다보며 다음에 도대체 무슨 이야기가 나올지 귀를 기울이고 있다. "가끔 심장이 가슴에서 튀어나갈 것 같은 느낌이야. 도대체 원인이 뭔지 모르겠어."

"왜 나한테 말하지 않았어?" 그녀는 내 손을 잡는다. 꼭 쥔다. "당신은 절대 무슨 말을 안 해, 허니. 잘 들어, 만일 당신한테 무슨 일이 생기면 나는 어떻게 할지 모르겠어. 털썩 주저앉을 거야. 얼마나 자주 그래? 그거 겁나는 거야, 알겠지만." 그녀는 여전히 내 손을 잡고 있다. 하지만 손가락이 손목으로 슬슬 올라온다. 맥박이 있는 곳이다. 계속 내 손목을 그렇게 잡고 있다.

"겁주고 싶지 않아서 이야기를 안 한 거야. 어쨌든 가끔 그래. 바로 일주일 전에도 그랬어. 꼭 무슨 특별한 일을 하고 있을 때 그러는 게 아니야. 그냥 신문을 들고 의자에 앉아 있을 때도 그래. 아니면 운전을 하거나, 아니면 식품점 카트를 밀거나. 힘을 쓰든 말든 상관없어. 그냥 시작돼―둥, 둥, 둥. 그렇게. 사람들이 그걸 듣지 못한다는 게 놀라워. 그 정도로 크거든, 내 생각엔. 나는 들을 수 있어, 어쨌든. 그거 때문에 겁이 난다고도 할 수 있을 것 같아. 따라서 폐기종이 나를 잡지 않으면, 또는 폐암이 아니면, 또는 어쩌면 당신이 말하고 있는 뇌졸중이 아니라면, 아마도 심장마비일 거야."

담배로 손을 뻗는다. 그녀에게 한 대 준다. 오늘밤에 잠은 다 잤다. 우리가 잤던가? 순간적으로 기억이 나지 않는다.

"우리가 뭐로 죽을지 누가 알겠어?" 아이리스가 말한다. "뭐라도 될 수 있지. 좀 오래 살면 신장이 망가질 수도 있고, 뭐 그 비슷한 게 생길 수도 있지. 직장의 내 친구는 막 아버지가 신장 때문에 죽었어. 진짜로 오래 살 만큼 운이 좋으면 언젠가 그게 닥칠 수도 있지. 신장이 망가지면 몸에 요산이 쌓여. 마지막에 죽기 전에는 사람이 완전히 다른 색으로 변해."

"대단하군. 멋지게 들리네. 혹시 이 이야기는 이제 그만해도 되지 않을까? 어쩌다 이런 얘기를 하게 됐지, 그런데?"

그녀는 대답하지 않는다. 몸을 앞으로 기울여 베개에서 멀어지면서 두 팔로 두 다리를 끌어안는다. 눈을 감고 머리를 무릎에 묻는다. 그러더니 천천히 몸을 앞뒤로 움직이기 시작한다. 음악이라도 듣고 있는 것 같다. 하지만 음악은 없다. 어쨌든 내가 들을 수 있는 건 없다.

"당신 내가 뭐하고 싶은지 알아?" 그녀가 말한다. 그녀는 움직임을 멈추고 눈을 뜨고 머리를 내 쪽으로 기울인다. 그러더니 괜찮다는 걸 나에게 알리려고 싱긋 웃는다.

"당신이 뭘 하고 싶을까, 허니?" 내 다리를 그녀의 다리 위로 넘겨 발목을 맞댄다.

"커피를 마시면 좋겠어, 그게 답이야. 아주 진한 블랙커피면 아주 좋겠어. 우리 깼잖아, 안 그래? 누가 다시 자겠어? 그러니까 커피 좀 마시자."

"우리는 커피를 너무 많이 마셔. 그렇게 커피 많이 마시는 것도 우리한테 좋지 않아. 마시지 말아야 한다는 게 아니야. 그냥 너무 많이 마신다고 말하는 거야. 그냥 본 대로 하는 얘기일 뿐이야." 나는 덧붙인다. "사실 나도 커피를 좀 마셔도 되지."

"좋아."

하지만 우리 둘 다 움직이지 않는다.

그녀는 머리카락을 좌우로 흔들어 털고 담배에 또 불을 붙인다. 연기가 천천히 방에 퍼져나간다. 일부는 열린 창 쪽으로 움직인다. 창밖 파티오에 비가 슬슬 내리기 시작한다. 자명종이 울려서 내가 손을 뻗어 끈다. 그런 다음 베개를 잡아 다시 머릿밑에 놓는다. 드러누워 천장을 좀더 바라본다. "침대에 누워 있는 우리한테 커피를 가져다주는 여자애라는 그 멋진 생각은 어떻게 됐지?" 내가 말한다.

"누군가 우리한테 커피를 가져오면 좋겠어. 여자애든 남자애든, 남자애든 여자애든. 지금 커피를 좀 마시면 정말 좋겠어."

그녀가 재떨이를 협탁으로 옮기기에 나는 그녀가 일어나는가보다 생각한다. 누군가 일어나서 커피를 만들고 캔에 든 냉동 주스를 믹서에 넣어야 한다. 우리 중 한 명이 움직여야 한다. 하지만 그녀는 침대에서 아래로 미끄러져내려가 중간 어딘가에 앉아 있다. 이불은 제멋대로 흩어졌다. 그녀는 누비이불의 어딘가를 잡더니 손바닥에서 뭔가를 비벼대다가 고개를 든다. "신문에서 그 남자가 산탄총을 중환자실로 들고 들어가 간호사들에게 자기 아버지 생명유지장치를 떼게 했다는 거 봤어? 그거 읽었어?" 아이리스가 말한다.

"뉴스에서 그 비슷한 이야기를 봤어. 하지만 주로 하는 이야기는 여섯 명인가 여덟 명한테서 그 장치를 떼어낸 이 간호사에 관한 거던데. 지금으로서는 그 여자가 플러그를 몇 개나 뽑았는지 아직 정확히 몰라. 처음에 자기 어머니 장치를 뽑는 데서 시작해서 계속 그렇게 해나간 거야. 한바탕 판을 벌인 거겠지, 아마도. 모든 사람에게 호의를 베푸는 걸로 생각했다고 그러더래. 누가 자기 걱정을 한다면 자기한테도 그렇게 해주기를 바란다고 그랬대."

아이리스는 침대 발치로 내려가기로 한다. 나를 마주볼 수 있도록 자리를 잡는다. 두 다리는 아직 이불 밑에 있다. 그녀는 두 다리를 내 다리 사이에 집어넣으며 말한다. "뉴스에 나와서 죽고 싶다고, 굶어서 죽어버리고 싶다고 말하는 그 사지가 마비된 여자는 어때? 지금 그 여자는 강제 급식으로 자기를 계속 살리려 한다는 이유로 의사하고 병원을 고소했어. 그게 믿어져? 제정신이 아니야. 병원에서는 그 여자를 하루에 세 번 묶고 목에 이 튜브를 넣었대. 그런 식으로 아침 점심 저녁을 먹이는 거야. 또 허파가 스스로 움직이고 싶어하지 않으니까 여자를 그 장치에 연결해두고. 신문에는 그 여자가 장치를 떼달라고, 아니면 그냥 굶어죽게 해달라고 간청을 했다고 나와. 죽게 해달라고 청원을 할 수밖에 없는 상황인데도 들어주지를 않아. 처음에는 좀 존엄성을 갖고 죽고 싶다는 생각 정도였다고 했어. 그런데 지금은 그냥 화가 나서 전부 소송을 걸 생각을 하고 있어. 놀랍지 않아? 책으로 나올 만한 얘기 아니야?" 그녀가 말한다. "가끔 이 두통이 생겨. 어쩌면 그 핏줄하고 관계가 있을 거야. 어쩌면 아니고. 어쩌면 둘이 관계가 없을지도 모르지. 하지만 당신이 걱정하는 게 싫어서 머리가 아파도 이야기하지 않고 있어."

"무슨 소리를 하는 거야? 나 좀 봐. 아이리스? 나는 알 권리가 있어. 나는 당신 남편이야, 혹시 잊었는지 몰라도. 당신한테 무슨 문제가 있으면 나는 그걸 알아야 해."

"하지만 당신이 뭘 할 수 있어? 그냥 걱정만 하겠지." 그녀는 자기 다리로 내 다리를 툭 치더니, 다시 툭 친다. "맞지? 당신은 아스피린이나 좀 먹으라고 할 거야. 내가 당신을 알지."

창 쪽을 보니 서서히 밝아지고 있다. 창에서 들어오는 습한 바람이 느껴진다. 이제 비는 그쳤지만 언제라도 다시 쏟아지기 시작할 수 있는 그런 아침이다. 다시 그녀를 본다. "솔직히 말해서, 아이리스, 가끔 옆구리에 찌르는 듯한 통증이 느껴져." 그러나 그 말을 하는 순간 후회한다. 그녀는 걱정할 거고 그 이야기를 하고 싶어할 거다. 우리는 샤워 생각을 하고 있어야 한다. 앉아서 아침을 먹어야 한다.

"어느 쪽?" 그녀가 말한다.

"오른쪽."

"맹장일 수도 있어." 그녀가 말한다. "그런 아주 간단한 거."

나는 어깨를 으쓱한다. "누가 알겠어? 나는 몰라. 내가 아는 건 그런 일이 생긴다는 거야. 아주 자주, 딱 일 이 분 정도, 저 아래쪽에서 찌르는 게 느껴져. 아주 날카롭게 찌르는 게. 처음에는 근육이 땅기는 건지도 모른다고 생각했어. 그런데 쓸개가 어느 쪽에 있지? 왼쪽인가 오른쪽인가? 어쩌면 쓸개 때문인지도 몰라. 아니면 담석 때문인지도 모르지, 도대체 그게 뭔지는 모르겠지만."

"그건 사실 돌이 아니야." 그녀가 말한다. "담석은 작은 알갱이 같은 거야. 어쨌든 그 비슷한 거야. 크기가 대충 연필심 끝만 해. 아냐, 잠깐, 내가 말하는 건 신장결석인지도 모르겠네. 나는 그쪽은 전혀 아는 게 없는 것 같아." 그녀가 고개를 젓는다.

"신장결석하고 담석의 차이가 뭐야? 그리스도여, 우리는 그런 것들이 몸의 어느 쪽에 있는지도 모르잖아. 당신도 모르고 나도 몰라. 그게 우리가 합쳐서 알고 있는 전부야. 합쳐서 영이라는 거지. 하지만 어딘가에서 신장결석은 그냥 넘겨도 된다고 읽었어, 이게 그거라면 말이야. 대개 죽지 않는대. 아프냐, 아프긴 하지. 담석에 대해선 뭐라고 하는지 몰라."

"그 '대개'라는 말이 마음에 드네."

"그래." 내가 말한다. "이봐, 일어나는 게 좋을 것 같아. 정말 늦겠어. 일곱시야."

"알아." 그녀가 말한다. "그러자고." 하지만 그녀는 계속 거기 앉아 있는다. 이윽고 그녀가 말한다. "우리 할머니는 마지막에 관절염이 너무 심해서 혼자 돌아다니지도 못하고, 심지어 손가락도 움직이지 못했어. 의자에 앉아 온종일 이 손모아장갑을 끼고 있어야 했지. 끝에는 코코아 컵도 제대로 쥐지 못했어. 그 정도로 관절염이 심했어. 그러다 뇌졸중이 왔지. 그리고 우리 할아버지." 그녀가 말한다. "할아버지는 할머니가 돌아가시고 나서 얼마 지나지 않아 요양원으로 갔어. 그렇게 하거나 아니면 누가 집에 가서 스물네 시간 함께 있어줘야 했는데 아무도 그럴 수가 없었어. 하루 스물네 시간 돌봐줄 사람을 쓸 돈이 있는 사람도 없고. 그래서 요양원에 가게 된 거지. 하지만 거기 들어가자 빠르게 나빠지기 시작했어. 한번은, 거기 한참 있고 난 다음이었는데, 엄마가 면회를 갔다가 집에 와서 말했어. 그때 엄마가 한 말을 절대 잊을 수 없어." 그녀는 나도 그걸 절대 잊지 못할 것처럼 나를 본다. 하지만 나는 아니다. "엄마는 그랬어. '우리 아버지가 이제 나를 알아보지 못해. 내가 누군지도 몰라. 우리 아버지는 식물이 됐어.' 그게 우리 엄마가 한 말이야."

그녀는 내 쪽으로 몸을 기울이고 두 손에 얼굴을 묻더니 울기 시작한다. 나는 거기 침대 발치로 내려가 그녀 옆에 앉는다. 그녀의 손을 잡아 내 허벅지 위에 얹는다. 팔을 그녀의 몸에 두른다. 우리는 침대 머리판을, 협탁을 보며 함께 앉아 있다. 시계도 거기에 있고 시계 옆에는 잡지 몇 권과 보급판 책이 한 권 있다. 우리는 침대에서 잘 때 발을 두는 곳에 앉아 있다. 그곳에서 보니 누가 이 침대를 쓰고 있었든 황급히 떠난 것 같다. 이 침대를 다시 보게 될 때마다 이런 모습을 기억하게 될 것임을 나는 안다. 우리는 이제 뭔가로 들어섰는데 그게 뭔지는 모른다, 정확하게는.

"나는 그런 일이 나한테 일어나기를 바라지 않아." 그녀가 말한다. "당신한테도." 그녀는 담요 귀퉁이로 얼굴을 닦고 깊은숨을 쉬더니 흐느낌처럼 내뱉는다. "미안해. 나도 도저히 어쩔 수가 없어."

"우리한테는 그런 일이 일어나지 않을 거야. 일어나지 않을 거야. 그런 건 조금도 걱정하지 마, 알았지? 우리는 괜찮아, 아이리스, 우리는 계속 괜찮을 거야. 어쨌든 그런 시간은 아직 멀었어. 이봐, 사랑해. 우리는 서로 사랑하고 있어, 안 그래? 그게 중요한 거야. 그게 핵심이야. 걱정 마, 허니."

"나한테 약속해줄 게 있어." 그녀는 손을 거두어 간다. 어깨에서 내 팔을 밀어낸다. "만약 언젠가 필요한 때가 온다면 나한테서 플러그를 뽑을 거라고 약속해주기를 바라. 결국 그렇게 되면 말이야. 내가 하는 말 듣고 있어? 이거 진지하게 하는 얘기야, 잭. 해야만 한다면 나한테서 플러그를 뽑아주기를 바라. 약속해줄래?"

나는 바로 무슨 말을 하지는 않는다. 뭐라고 해야 하나? 아직이 문제에 관해서는 누가 책을 쓰거나 하지 않았다. 생각할 시간이 필요하다. 뭐든 그녀가 원하는 대로 하겠다고 말한다고 해서 내가 무슨 대가를 치르지 않는다는 건 알고 있다. 그냥 말뿐이다, 안 그런가? 말은 쉽다. 하지만 여기에는 그 이상이 있다. 그녀는 나에게서 정직한 대답을 원하고 있다. 하지만 이 문제에 관해 내가 어떤 느낌인지 아직 잘 모르겠다. 서두르지 말아야 한다. 내가 무슨 말을 하는지 생각지도 않고, 결과를 생각지도 않고, 내가 말을 할 때―내가 하는 말이 무엇이든―그녀가 어떻게 느낄지를 생각지도 않고 무슨 말을 할 수는 없다.

아직 생각하고 있는데 그녀가 말한다. "당신은 어때?"

"내가 뭐가 어때?"

"그렇게 되면 플러그를 뽑아주기를 바라? 물론 그런 일이 없기를 바라지만. 하지만 나도 좀 알고는 있어야, 그렇잖아―지금 당신이 얘기를 좀 해줘―최악 가운데 최악이 왔을 때 내가 어떻게 해주기를 바라는지." 그녀는 나를 빈틈없이 살피며 내가 말을 하기를 기다리고 있다. 그녀는 나중에 꼭 해야 할 때가 온다면 사용할 수 있도록 뭔가를 챙겨두기를 바라고 있다. 물론이다. 좋다. 그게 최선이라고 생각하면, 여보, 플러그를 뽑아줘, 하고 말하는 건 아주 쉽다. 하지만 조금 더 생각해볼 필요가 있다. 나는 아직 그녀를 위해 뭘 하겠다 하지 않겠다는 이야기도 하지 않았다. 그런데 이제 나와 나의 상황을 생각해봐야 한다. 무턱대고 이야기를 하지는 말아야 한다는 느낌이다. 이건 미친 짓이다. 우리는 미쳤다. 하지만 내가 지금 무슨 말을 하든 그게 언젠가 나에게 돌아올지도 모른다는 걸 깨닫는다. 이건 중요하다. 지금 여기에서 우리가 말하고 있는 건 죽느냐 사느냐 하는 문제다.

그녀는 조금도 움직이지 않았다. 여전히 내 답을 기다리고 있다. 답을 듣기 전까지는 오늘 아침에 우리가 아무데도 갈 수 없다는 걸 알 수 있다. 조금 더 생각해보다가 내 진심을 말한다. "아니. 플러그 뽑지 마. 플러그 뽑는 걸 원치 않아. 그냥 가능한 한 오래 장치를 연결해놔. 누가 반대하겠어? 당신이 반대할 거야? 그러고 있으면 내가 누구를 불쾌하게 할까? 사람들이 내 모습을 견딜 수 있는 한, 소리를 지르지 않는 한, 아무것도 뽑지 마. 그냥 계속 가게 놔둬, 알았지? 비참한 끝까지 가게. 친구들을 불러서 작별인사를 시켜. 경솔한 행동 하지 말고."

"진지하게 좀 말해." 그녀가 말한다. "우린 지금 아주 심각한 일을 이야기하고 있는 거야."

"나 진지해. 플러그 뽑지 마. 아주 간단하잖아."

그녀는 고개를 끄덕인다. "그럼 알았어. 안 뽑는다고 약속할 게." 그녀는 나를 안는다. 잠시 나를 꼭 끌어안는다. 이윽고 놔준 다. 그리고 시계 라디오를 보더니 말한다. "예수여, 어서 움직여 야겠다."

그래서 우리는 침대에서 나와 옷을 입기 시작한다. 어떤 면에 서는 여느 다른 아침과 똑같다. 다만 여러 가지를 더 빨리 할 뿐 이다. 커피와 주스를 마시고 잉글리시 머핀을 먹는다. 날씨 이야 기를 하는데, 구름이 잔뜩 끼고 바람이 거세다. 플러그 이야기, 또는 병이며 병원이며 그런 이야기는 더 하지 않는다. 나는 그녀 에게 키스한 뒤 집을 나서고 그녀는 우산을 펼쳐든 채 앞 포치에 남아 직장까지 태워줄 차가 오기를 기다린다. 나는 서둘러 차로 가서 탄다. 시동을 걸고 나서 바로 그녀에게 손을 흔들고 차를 몰고 떠난다.

그러나 출근해서 일을 하다 아침에 이야기했던 일 몇 가지를 생각한다. 어쩔 수가 없다. 우선 잠을 못 자 뼛속까지 피곤하다.

그 바람에 약해져서 제멋대로 떠오르는 섬뜩한 생각에 휘둘리는 느낌이다. 주위에 아무도 없는 순간이 오자마자 책상에 머리를 대고, 어쩌면 몇 분 잘 수 있을지 모른다고 생각한다. 하지만 눈을 감자 어느새 다시 그 생각을 하고 있다. 마음속에 병원 침대가 보인다. 그게 전부다—그냥 병원 침대. 그 침대는 어떤 방에 있다, 짐작건대. 그러다 침대 위의 산소텐트가 보이고, 침대 옆에 그 스크린 몇 개와 커다란 모니터 몇 개가 보인다—영화에 나오는 그런 종류. 눈을 뜨고 의자에 똑바로 앉아 담배에 불을 붙인다. 담배를 피우면서 커피를 좀 마신다. 그러다 시간을 보고 다시 일을 한다.

다섯시가 되자 너무 피곤해서 집까지 운전하는 것 외에는 아무 일도 할 수가 없다. 비가 오고 있어 조심해서 운전해야 한다. 아주 조심해서. 사고도 있었다. 신호등 앞에서 어떤 차가 다른 차를 추돌했지만 누가 다친 것 같지는 않다. 두 차는 여전히 도로에 나와 있고 사람들이 빗속에서 차를 둘러싸고 서서 이야기를 하고 있다. 그래도 차들이 천천히 움직이기는 한다. 경찰이 섬광 신호기를 설치해놓았다.

아내를 보자 나는 말한다. "하느님, 대단한 날이야. 두들겨맞은 거 같아. 당신은 어때?" 우리는 서로 키스한다. 나는 코트를 벗어 건다. 아이리스가 주는 술을 받는다. 이윽고, 그 생각이 마음속에 계속 있었기 때문에, 또 앞으로를 위해 말하자면 갑판을 정리하고 싶기 때문에 말한다. "그래, 이게 당신이 듣고 싶어하는 거라면, 내가 당신 플러그를 뽑아줄게. 그게 당신이 내가 해주기를 원하는 거라면 그렇게 할게. 지금 여기서 내가 이렇게 말하는 게 당신을 행복하게 해준다면 그렇게 말할게. 당신을 위해 해줄게. 혹시라도 필요하다고 생각하면 플러그를 뽑을게. 아니면 뽑게 할게. 하지만 내 플러그에 관해서 한 말은 여전히 유효해. 이제 이 문제는 더 생각하고 싶지 않아. 다시 이야기하고 싶지도 않아. 이 문제에 관해 우리가 할 말은 다 했다고 생각해. 우리는 모든 각도에서 다 훑어봤어. 누가 나를 완전히 훑어버린 느낌이야."

아이리스는 싱글거린다. "알았어. 어쨌든 이제 알게 됐네. 전에는 몰랐거든. 어쩌면 내가 미친 걸 수도 있지만, 혹시 알고 싶다면, 어쩐 일인지 기분이 나아졌어. 나도 이걸 더 생각하고 싶지 않아. 하지만 이렇게 얘기를 해서 끝냈으니 다행이야. 나도 다시는 이 얘기를 꺼내지 않을게. 약속이야."

그녀는 내 술을 받아 전화기 옆 테이블에 놓는다. 두 팔로 나를 감싸고 꼭 안으며 머리를 내 어깨에 넌다. 하지만 문제가 있다. 내가 방금 그녀에게 한 말, 온종일 띄엄띄엄 생각한 것, 뭐랄까, 어떤 보이지 않는 선을 넘은 듯한 느낌이다. 전에는 가야 할 거라고 생각한 적이 없는 어떤 장소에 와버린 듯한 느낌이다. 어떻게 왔는지는 모른다. 이상한 곳이다. 그곳에서, 작고 해로울 것 없는 꿈과 잠에 겨운 새벽의 이야기가 죽음과 소멸에 관한 생각으로 나를 이끌었다.

전화벨이 울린다. 우리는 떨어지고, 나는 전화를 받으려고 손을 뻗는다. "여보세요."

"여보세요." 그 여자가 말한다.

새벽에 전화를 건 그 여자이지만 지금은 취하지 않았다. 어쨌든 내 생각에는 그렇다. 취한 것처럼 들리지 않는다. 그녀는 조용히 이성적으로 말하고 있다. 버드 로버츠의 연락처를 알려줄 수 있느냐고 묻는다. 그녀는 사과한다. 귀찮게 하기 정말 싫지만, 그녀는 말한다, 급한 일이다. 혹시 폐가 된다면 미안하다.

그녀가 말하는 동안 나는 담배를 찾아 더듬거린다. 담배를 한 대 입에 물고 라이터를 켠다. 이제 내가 말할 차례다. 이게 내가 여자에게 하는 말이다. "버드 로버츠는 여기 살지 않습니다. 이 번호가 아니고, 앞으로도 이 번호를 쓰지 않을 겁니다. 지금 말하는 사람을 나는 한 번도, 단 한 번도 볼 일이 없을 겁니다. 부탁하는데 다시는 여기로 전화하지 마세요. 하지 말라고, 알았지? 내 말 들리지? 조심하지 않으면 목을 비틀어버리겠어."

"뻔뻔스러운 여자 같으니." 아이리스가 말한다.

내 두 손이 떨리고 있다. 내 목소리가 효과를 발휘하고 있다는 생각이 든다. 하지만 내가 그 여자한테 그 모든 말을 하려고 하는 동안, 내가 내 의사를 분명히 밝히는 동안, 아내가 빠르게 움직여 허리를 굽히고, 그걸로 끝이다. 전화 연결이 끊겼고, 내 귀에는 아무 소리도 들리지 않는다.

친밀

어차피 서쪽 멀리서 볼일이 있어 전 아내가 사는 이 작은 타운에 잠시 들른다. 못 본 지 사 년이 되었다. 그러나 가끔 책이 나올 때, 또는 잡지나 신문에 나에 관해 뭐가 실릴 때—프로필이나 인터뷰—그녀에게 보내줬다. 그냥 그녀가 관심이 있을지도 모른다고 생각한 것 외에 달리 무슨 생각으로 그랬는지는 모르겠다. 어쨌든 그녀는 한 번도 답을 하지 않았다.

아침 아홉시이고 연락도 하지 않았으니 사실 무엇과 맞닥뜨릴지 알 수 없는 노릇이다.

하지만 그녀는 들어오라고 한다. 놀라는 것 같지 않다. 우리는 키스는 물론이고 악수도 하지 않는다. 그녀는 나를 거실로 데려간다. 내가 자리에 앉자마자 커피를 가져온다. 이윽고 자기 마음에 있는 이야기를 꺼낸다. 내가 자신에게 괴로움을 주었다고, 노출되고 모욕당하는 느낌을 받게 했다고 말한다.

정말이지 집에 온 느낌이네.

그녀가 말한다, 하긴 당신은 일찌감치 배신하기 시작했지. 당신은 늘 배신에 편안함을 느꼈잖아. 아니, 그녀가 말한다, 그건 사실이 아니야. 어쨌든 처음에는 안 그랬으니까. 그때는 달랐어. 하지만 나도 달랐던 것 같아. 모든 게 달랐지, 그녀가 말한다. 아니, 당신이 서른다섯이 된 뒤였어, 아니면 서른여섯, 그게 언제였든 어쨌든 그 무렵, 당신의 삼십대 중반 언젠가, 그때부터 시작했지. 제대로 시작했어. 나를 공격했어. 당신 그땐 그걸 정말 예쁘게도 포장을 했는데. 스스로 자랑스러워할 만해.

그녀가 말한다, 가끔 난 비명이라도 지를 것 같아.

내가 그 당시 이야기를 하자 그녀는 힘든 시절, 나쁜 시절은 잊기를 바란다고 말한다. 좋은 시절 이야기를 좀 해봐, 그녀가 말한다. 좀 좋은 시간은 없었나? 그녀는 내가 앞서 말하던 화제에서 빠져나오기를 바란다. 그건 지겹다. 그걸 듣는 게 지긋지긋하다. 당신 혼자만의 목마*야, 그녀가 말한다. 이미 벌어진 일은 벌어진 일이고 흘러간 물이야, 그녀가 말한다. 비극이야, 그렇

---

* '좋아하는 화제'라는 뜻.

지. 그게 비극이고 또 그 이상이었다는 건 하느님이 아셔. 하지만 왜 계속 들춰? 그 오래된 일을 긁어올리는 게 지겹지도 않아?

그녀가 말한다. 과거는 놔주자고, 제발 좀. 그 오랜 상처들. 당신 화살통에 다른 화살도 분명히 있을 거잖아, 그녀가 말한다.

그녀가 말한다, 이거 알아? 나는 당신이 아프다고 생각해. 빈대처럼 미쳤다고 생각해. 봐, 사람들이 당신을 두고 하는 말들을 믿는 거 아니지, 그렇지? 잠시라도 그건 믿지 마, 그녀가 말한다. 잘 들어, 내가 그 사람들한테 한두 가지 말해줄 수도 있어. 이야기를 듣고 싶으면 나한테 연락하라고 해.

그녀가 말한다, 내 말 듣고 있는 거야?

듣고 있어, 내가 말한다. 열심히 듣고 있어, 내가 말한다.

그녀가 말한다, 야, 정말이지 그건 신물이 나! 그런데 오늘 누가 당신을 여기 오라고 했어? 내가 아니란 건 젠장 분명한데. 그냥 나타나서 들어오네. 도대체 나한테서 뭘 원하는 거야? 피? 피를 더 원해? 이젠 가져갈 만큼 가져간 줄 알았는데.

그녀가 말한다, 내가 죽었다고 생각해. 이제 나를 평화롭게 내버려뒀으면 좋겠어. 그게 내가 원하는 전부야. 평화롭게 내버려두고 잊어주는 거. 봐, 나는 이제 마흔다섯이야, 그녀가 말한다. 마흔다섯이 쉰다섯이 되고, 또 예순다섯이 될 거야. 이제 그만 좀 해, 응.

그녀가 말한다. 칠판을 깨끗하게 지우고 그뒤에 당신이 뭘 남길 수 있는지 보는 게 어때? 깨끗한 서판에서 시작하는 게 어때? 그렇게 하면 어디까지 가는지 한번 보라고, 그녀가 말한다.

그녀는 자기 말에 웃음을 터뜨릴 수밖에 없다. 나도 웃음을 터뜨리지만, 그것은 불안이다.

그녀가 말한다. 이거 알아? 나도 한때는 기회가 있었지만 그냥 놔버렸어. 그냥 놓아버렸다고. 아마 당신한테는 말한 적 없을 거야. 하지만 지금 나를 봐. 보라고! 이왕 보는 김에 잘 좀 봐. 너는 나를 버렸어, 이 개자식아.

그녀가 말한다. 그때는 나도 더 젊었고 더 좋은 사람이었어. 아마 당신도 그랬겠지, 그녀가 말한다. 더 좋은 사람이었을 거라고, 내 말은. 그랬을 수밖에 없어. 그때 당신은 더 좋았어. 아니면 내가 당신과 어떤 식으로든 엮이지 않았을 거야.

그녀가 말한다. 한때는 당신을 무척 사랑했어. 정신을 못 차릴 지경으로 사랑했어. 정말 그랬어. 이 넓은 세상천지에서 그 어떤 것보다 사랑했어. 그걸 상상해봐. 지금 생각하면 정말 웃음이 나올 일이야. 당신 그거 상상할 수 있어? 예전에 우리는 너무 친밀했고 지금 난 그걸 믿을 수가 없어. 지금은 그게 세상에서 가장 이상한 거라고 생각해. 누구하고 그렇게 친밀한 것의 기억. 너무 친밀했기 때문에 지금은 토가 나올 지경이야. 다른 누군가와 그렇게 친밀해질 수 있다는 건 상상할 수가 없어. 그런 적도 없고.

그녀가 말한다, 솔직히, 그러니까 이건 진심인데, 지금 여기에서부터는 그것에서 완전히 벗어나 있고 싶어. 그런데 당신은 자신이 뭐라고 생각하는 거야? 당신이 신이나 그런 거라고 생각해? 당신은 신의 신발을 핥을 자격도 없고, 따지고 보면 누구의 신발을 핥을 자격도 없어. 이보세요, 당신은 엉뚱한 사람들하고 어울렸습니다. 하지만 내가 뭘 알겠어? 이젠 내가 뭘 아는지도 알지 못해. 당신이 날 깐 게 싫다는 건 알아. 그 정도는 알아. 내가 무슨 말을 하는지 알지, 그렇지? 내 말 맞아?

맞아, 내가 말한다. 맞고말고.

그녀가 말한다, 당신은 뭐든 동의하겠지, 그렇지? 너무 쉽게 굴복해. 늘 그랬어. 아무런 원칙도 없지, 단 하나도. 소란을 피하기 위해서라면 뭐든 할 거야. 하지만 그건 상관없는 얘기지.

그녀가 말한다, 내가 당신한테 칼을 빼들었던 때 기억나?

지나가듯이, 중요하지 않은 것처럼 그 말을 한다.

희미하게, 내가 말한다. 틀림없이 내가 그래도 싼 짓을 했겠지만 기억은 잘 안 나네. 얘기해봐, 뭐 어때. 그 얘기를 좀 해줘.

그녀가 말한다, 이제 뭔가 이해가 좀 되려 하네. 당신이 왜 여기 있는지 알 것 같아. 그래. 당신이 왜 여기 있는지 알겠어, 당신은 몰라도. 하지만 당신은 교활한 인간이지. 당신은 자기가 왜 여기 있는지 알아. 당신은 낚시 원정을 나온 거야. 재료를 낚고 있는 거라고. 내가 정답에 다가가고 있지? 내 말이 맞지?

칼 얘기를 해봐, 내가 말한다.

그녀가 말한다, 알고 싶다면 말해주겠지만, 그 칼을 사용하지 않은 게 정말 후회돼. 정말 그래. 정말로 진실로 그래. 그 생각을 하고 또 해봤는데 그걸 사용하지 않은 게 후회돼. 나한테 기회가 있었어. 하지만 망설였지. 망설이다 망하고 말았어, 누군가 말했듯이.* 하지만 그걸 사용했어야 해, 젠장 모든 게 모든 사람이 어떻게 되든. 적어도 그걸로 당신 팔이라도 그었어야 했어. 적어도 그건 했어야 해.

뭐, 결국 그러지 않았지. 내가 말한다. 당신이 그걸로 날 베는 줄 알았는데 그러지 않았어. 내가 그걸 빼앗았지.

그녀가 말한다, 당신은 늘 운이 좋았어. 당신은 그걸 빼앗고 내 따귀를 때렸지. 어쨌든, 나는 그 칼을 조금이라도 사용하지 않은 걸 후회해. 조금이라도 사용했다면 당신이 그걸로 나를 기억했을 텐데.

많이 기억해, 내가 말한다. 그 말을 하고, 곧바로 괜히 했다고 생각한다.

---

* 비슷한 속담이 있다.

그녀가 말한다, 아멘, 형제여. 그게 지금 여기에서 다툼의 핵심이야, 당신은 눈치채지 못했는지 몰라도. 그게 문제의 전부라고. 하지만 내가 말한 대로, 내 생각에 당신은 엉뚱한 걸 기억하고 있어. 천박하고 수치스러운 걸 기억하고 있어. 그래서 내가 칼 이야기를 꺼냈을 때 당신이 흥미를 느낀 거야.

그녀가 말한다. 당신이 조금이라도 후회하는지 궁금해. 요새 후회란 게 몇 푼이나 값어치가 나가는지는 몰라도. 별로 안 할걸, 내 짐작엔. 하지만 당신은 지금쯤 그거에는 전문가가 되어 있어야 해.

후회라, 내가 말한다. 그건 별 흥미가 당기지 않는다, 솔직히 말해서. 후회는 내가 자주 사용하는 말이 아니다. 아마 대개는 사용하지 않을 거다. 내가 상황을 어둡게 보는 쪽이라는 건 인정한다. 어쨌든 가끔은. 하지만 후회? 아니라고 본다.

그녀가 말한다. 너는 진짜 개자식이야, 그거 알아? 무자비하고 무정한 개자식이라고. 혹시 누가 그런 얘기 해줬어?

당신이 했잖아, 내가 말한다. 여러 번.

그녀가 말한다, 나는 늘 진실만 말해. 그게 상처가 되더라도. 내가 거짓말하다 들키거나 하는 일은 절대 있을 수 없어.

그녀가 말한다, 오래전에 눈이 뜨였지만 그때는 이미 늦었지. 나도 기회가 있었는데 손가락 사이로 새나가게 놔두고 말았어.

잠시 당신이 돌아올 거라는 생각도 했어. 그런데 왜 내가 그런 생각을 했을까? 제정신이 아니었던 게 분명해. 지금도 눈이 빠져라 울 수 있지만 당신한테 그런 만족감을 주진 않을 거야.

그녀가 말한다, 이거 알아? 내 생각엔 바로 지금 당신 몸에 불이 붙었어도, 지금 이 순간 당신이 갑자기 불로 뛰어들어도 나는 당신한테 물 한 통 끼얹어주지 않을 거야.

그녀는 자기 말에 웃음을 터뜨린다. 그러더니 얼굴이 다시 닫힌다.

그녀가 말한다, 도대체 당신 여기 왜 온 거야? 더 듣고 싶어? 며칠이고 계속할 수 있어. 당신이 왜 나타났는지 알 것 같지만 당신 입으로 듣고 싶어.

내가 대답하지 않자, 그냥 거기 앉아만 있자 그녀가 말을 이어나간다.

그녀가 말한다, 그때, 당신이 떠난 이후로, 그 이후로는 그다지 중요한 게 없었어. 애들도 아니고, 하느님도 아니고, 어떤 것도 중요하지 않았어. 무엇이 날 치고 갔는지 모르는 것 같았어. 사는 걸 중단해버린 것 같았어. 내 인생이 쭉 계속됐는데, 쭉 계속되다 그냥 멈춰버렸어. 그냥 멈춘 게 아니지, 끼익 소리를 내며 멈췄어. 나는 생각했어, 내가 저 사람한테 아무런 가치가 없다면, 그래, 나는 나 자신이나 다른 누구에게도 아무런 가치가 없는 거다. 그게 내 최악의 느낌이었어. 내 심장이 부서질 거라고 생각했어. 내가 지금 무슨 말을 하는 거지? 실제로 부서졌어. 당연히 부서졌지. 심장은 부서졌어, 그냥 그렇게. 여전히 부서져 있어, 혹시 알고 싶은지 몰라도. 그러니까 간단하게 말해줄 수 있어. 내 달걀은 다 한 바구니에 있었던 거야, 그녀가 말한다. 어 티스킷, 어 태스킷.* 내 썩은 달걀이 전부 한 바구니에.

그녀가 말한다, 당신은 다른 사람을 찾았지, 그렇지? 오래 걸리지도 않았어. 그리고 지금 당신은 행복해. 어쨌든 다들 당신이 그렇다고 하더라고. '그는 지금 행복하다.' 이봐, 당신이 보내는 거 다 읽고 있어! 내가 안 읽는다고 생각해? 이보세요, 나는 당신을 속속들이 압니다, 아저씨. 늘 그랬어. 그때도 알았고, 지금도 알아. 당신 마음을 안팎으로 다 안다고. 그걸 절대 잊지 마. 당신 마음은 정글이야, 어두운 숲, 쓰레기통이야, 혹시 알고 싶다면 말이야. 누구한테 뭘 물어보고 싶으면 나한테 연락하라고 해. 나는 당신이 작동하는 방식을 아니까. 그냥 여기로 오라고 해, 그럼 잔뜩 들려줄 테니까. 나는 그곳에 있었어. 나는 도왔어, 이 친구야. 그런데 당신은 나를 가져다가 당신의 소위 작품이라는

---

* A tisket, a tasket. 별 의미 없는 자장가의 한 구절로, 앞에 나온 '바구니(basket)' 와 운이 맞는다. 또 이 자장가에 편지를 들고 가다 떨어뜨렸다는 가사가 나오는데, 달걀 바구니를 떨어뜨리는 것이 연상된다.

것에서 전시하고 조롱했어. 여느 톰이나 해리가 동정심을 가지
거나 심판을 하도록. 내가 상관이나 했는지 물어봐줘. 그거 때문
에 창피했는지 물어봐줘. 어서, 물어보라니까.

아니, 내가 말한다. 묻지 않을 거야. 그 이야기는 하고 싶지 않
아, 내가 말한다.

당연히 하고 싶지 않겠지! 그녀가 말한다. 그리고 이유도 알겠
지!

그녀가 말한다. 허니, 악의로 하는 말은 아닌데, 가끔 당신을
쏘고 당신이 발버둥치는 걸 지켜봐도 괜찮겠단 생각이 들어.

그녀가 말한다. 당신 내 눈을 똑바로 못 봐, 그렇지?

그녀가 말하는데, 그녀가 하는 말은 정확하게 이거다. 당신은
내가 말할 때 내 눈도 똑바로 보지 못하지.

그래서, 좋다, 나는 그녀의 눈을 본다.

그녀가 말한다. 그렇지. 좋아, 그녀가 말한다. 이제 우리가 진
전이 좀 있네, 어쩌면. 좀 낫네. 말하는 상대의 눈을 보면 상대에
관해 많이 알 수 있거든. 그건 모두가 아는 거야. 하지만 당신 다
른 것도 알아? 이 세상천지에 당신한테 이런 이야기를 해줄 사람
은 아무도 없겠지만 나는 해줄 수 있어. 나는 그럴 권리가 있어.
그런 권리를 얻었다네, 젊은이. 당신은 자신을 다른 누구하고 혼
동해왔어. 그게 순수한 진실이야. 하지만 내가 뭘 안다고? 백 년

이 가도 사람들은 그렇게 말하겠지. 사람들은 말할 거야, 도대체 저 여자는 누구야?

그녀는 말한다, 어쨌든 당신은 젠장 분명히 나를 다른 누군가와 혼동했어. 봐, 나는 심지어 이제는 같은 성도 쓰지 않는다고! 내가 날 때 얻은 성도 아니고, 당신하고 살 때 쓰던 성도 아니고, 심지어 이 년 전 성도 아니야. 이게 뭐야? 그런데 이게 도대체 다 뭐하자는 거야? 말 좀 할게. 이제 나를 가만 내버려두기를 바라. 제발. 그건 범죄가 아니잖아.

그녀가 말한다, 달리 갈 곳이 그렇게 없어? 탈 비행기도? 지금 이 순간에 여기서 먼 어딘가에 가 있어야 하는 거 아냐?

아니, 내가 말한다. 다시 말한다, 아니. 아무데도 없어, 나는 말한다. 있어야 하는 곳은 어디에도 없어.

그러다 나는 어떤 일을 한다. 손을 뻗어 엄지와 검지로 그녀의 블라우스 소매를 잡는다. 그뿐이다. 그냥 그렇게 그걸 만지고 그냥 손을 다시 거두어들인다. 그녀는 몸을 빼지 않는다. 움직이지 않는다.

그다음에 내가 한 일은 이거다. 무릎을 꿇고, 나처럼 덩치 큰 사람이, 그녀의 원피스 자락을 잡는다. 내가 바닥에서 무엇을 하는 건가? 나도 말할 수 있으면 좋겠다. 하지만 나는 그곳이 내가 있어야 할 곳임을 알고, 무릎을 꿇은 채 거기서 그녀의 원피스 자락을 잡고 있다.

그녀는 잠시 꼼짝도 하지 않는다. 하지만 곧 말한다. 봐, 괜찮아, 멍청아. 당신은 정말 어리석어, 가끔. 이제 일어나. 내가 일어나라고 하잖아. 잘 들어, 괜찮아. 이제는 극복했어. 극복하는 데시간이 좀 걸렸지만. 어떻게 생각해? 당신은 시간이 걸리지 않을거라고 생각했어? 그러다 당신이 여기 들어오니까 갑자기 그 모든 더러운 일들이 되살아났어. 표현할 필요를 느꼈어. 하지만 당신도 알고 나도 알아. 이제 그건 지나갔고 끝났어.

그녀가 말한다. 정말 오랫동안, 허니, 나는 위로할 수 없는 사람이었어. 위로할 수 없었다고, 그녀가 말한다. 그 말을 수첩에 적어. 경험상 그게 영어에서 가장 슬픈 말이라고 이야기해줄 수 있어. 어쨌든 마침내 나는 극복을 했어. 시간은 신사다, 어떤 지혜로운 사람이 말했지. 아니면 시간은 지쳐버린 늙은 여자일지도 몰라. 뭐 이거 아니면 저거겠지.

그녀가 말한다. 이제 내 인생이 있어. 당신 인생하고는 다른종류의 인생이지만 우리가 비교할 필요는 없는 것 같아. 이건 내인생이고 그게 나이들어가는 내가 깨달아야 하는 중요한 거야. 어쨌든 너무 상심하지는 마, 그녀가 말한다. 그러니까, 약간 상심하는 건 괜찮다는 거야, 아마도. 그런다고 다치지 않아, 그 정도야 얼마든지 예상할 수 있는 거니까. 설사 당신 마음이 움직여 후회까지 하지는 못해도.

그녀가 말한다, 이제 일어나서 나가줘야겠어. 곧 남편이 점심 먹으러 올 거야. 오면 내가 이 상황을 어떻게 설명하겠어?

미친 짓이지만 나는 여전히 무릎을 꿇고 그녀의 원피스 자락을 잡고 있다. 놓으려 하지 않는다. 테리어 같다. 내 몸이 바닥에 달라붙은 것 같다. 움직이지 못하는 것 같다.

그녀가 말한다, 이제 일어나. 뭐야? 아직도 나한테서 뭘 원하는구나. 뭘 원해? 당신을 용서해주기를 바라? 그래서 이러고 있는 거야? 그거구나, 그렇지? 그게 이 먼길을 온 이유구나. 그 칼 사건 때문에 기운이 좀 나기도 했고. 당신은 그걸 잊고 있었던 것 같아. 그걸 일깨우는 데 내가 필요했던 거지. 좋아, 그냥 가준다면 말해줄게.

그녀는 말한다, 당신을 용서해.

그녀가 말한다, 이제 만족해? 좀 나아? 행복해? 이 사람 이제 행복하네, 그녀가 말한다.

하지만 나는 여전히 거기에, 바닥에 무릎을 꿇고 있다.

그녀가 말한다, 내가 한 얘기 들었어? 당신 이제 가야 해. 야, 멍청하긴. 허니, 용서한다고 했잖아. 게다가 심지어 칼 사건도 생각나게 해줬잖아. 이제 달리 뭘 할 수 있는지 생각이 안 나. 이제 아주 편안해졌잖아, 베이비. 이제 어서, 여기서 나가야 해. 일어서. 그래 그거야. 당신은 아직 어른이야, 안 그래. 여기 모자, 모자 잊지 마. 당신은 절대 모자를 쓰지 않았는데. 전에는 평생 당신이 모자를 쓴 걸 본 적이 없어.

그녀가 말한다, 이제 내 말 잘 들어. 나를 봐. 내가 하려고 하는 말을 주의해서 들어.

그녀가 가까이 다가온다. 이제 내 얼굴에서 삼 인치쯤 떨어져 있다. 오랫동안 이렇게 가까이 있었던 적이 없다. 나는 그녀가 듣지 못하는 작은 숨을 쉬고 있고, 기다리고 있다. 내 생각에 심장 뛰는 속도가 한참 느려진 것 같다. 내 생각에는.

그녀가 말한다, 꼭 해야만 할 말인 것처럼 그냥 말해버려, 그게 나은 것 같아. 그리고 나머지는 잊어버려. 늘 그랬듯이. 어차피 이제는 아주 오래 그렇게 해왔으니 그게 힘들지도 않을 거 아냐.

그녀가 말한다, 자, 나는 끝났어. 당신은 자유야, 안 그래? 어쨌든 당신은 자기가 그렇다고 생각하잖아, 어차피. 마침내 자유라고. 농담이야, 하지만 웃지는 마. 어쨌든 기분 나아졌지, 그렇지?

그녀는 나와 함께 현관까지 간다.

그녀가 말한다, 지금 이 순간 남편이 걸어들어오면 뭐라고 설명을 해야 할지 상상도 못하겠어. 하지만 사실 이제 누가 상관하겠어, 그렇지? 결국에는 아무도 더는 염병할 관심도 없어. 게다가 나는 그런 식으로 일어날 수 있는 일은 이미 다 일어났다고 생각해. 그건 그렇고 남편 이름은 프레드야. 괜찮은 남자고 먹고 살려고 열심히 일해. 나를 좋아하고.

그렇게 그녀는 나를 현관문까지 바래다주는데 그 문은 내내 열려 있었다. 그 문은 오늘 아침의 빛과 신선한 공기, 거리의 소리를 들여보내고 있었지만 우리는 그 모든 것을 무시하고 있었다. 나는 밖을 보는데, 예수여, 아침 하늘에 이 하얀 달이 걸려 있다. 그렇게 놀라운 걸 본 적이 언제인지 생각나지 않는다. 하지만 그걸 두고 한마디하기가 두렵다. 정말 두렵다. 그랬다간 무슨 일이 일어날지 모르겠다. 심지어 울음을 터뜨릴 수도 있을 것 같다. 내가 하게 될 말을 나 스스로 한마디도 이해하지 못할 수 있을 것 같다.

그녀가 말한다, 어쩌면 언젠가 당신이 다시 올 수도 있겠지, 어쩌면 오지 않을 수도 있고. 이건 차츰 흐릿해질 거야, 알잖아. 곧 당신은 다시 기분이 나빠지기 시작하겠지. 어쩌면 이게 좋은 이야기가 될지도 몰라, 그녀가 말한다. 하지만 그렇다 해도 알고 싶지는 않아.

나는 작별인사를 한다. 그녀는 더는 말을 하지 않는다. 그녀는 자기 손을 보고, 이윽고 원피스 호주머니에 집어넣는다. 고개를 젓는다. 안으로 다시 들어가고, 이번에는 문을 닫는다.

나는 보도를 따라 움직이기 시작한다. 거리 끝에서 어떤 애들이 럭비공을 던지고 있다. 하지만 내 아이들은 아니고, 또 그녀의 아이들도 아니다. 어디에나 낙엽이 있다, 심지어 배수로에도. 보는 곳 어디에나 낙엽이 쌓여 있다. 걸어가는데 가지에서 잎이 떨어진다. 낙엽 속을 딛지 않고는 한 걸음도 나아갈 수 없다. 이건 누군가 노력을 해야 한다. 누군가 갈퀴를 들고 와 이걸 처리해야 한다.

메누도

잠이 오지 않는다. 아내 비키가 잠든 게 분명하다는 생각이 들어서, 일어나 침실 창을 통해 길 건너 올리버와 어맨다의 집을 본다. 올리버는 집을 나간 지 사흘이 되었고 부인 어맨다는 깨어 있다. 그녀도 자지 못한다. 새벽 네시이고 밖에서는 아무런 소리도 들리지 않는다―바람도 자동차도, 심지어 달도 없다. 불이 켜져 있고 앞쪽 창문들 밑에 낙엽이 쌓인 올리버와 어맨다의 집뿐이다.

이틀 전 가만히 앉아 있지 못하겠기에 우리 마당―비키의 마당이자 나의 마당―에 갈퀴질을 했다. 낙엽을 모두 모아 자루에 넣고 아가리를 묶은 다음 갓길에 늘어놓았다. 그때 길을 건너가 저쪽에도 갈퀴질을 하고 싶은 충동을 느꼈지만 그 충동을 따르지는 않았다. 길 건너의 상황이 저렇게 된 것은 내 책임이다.

올리버가 떠난 뒤 나는 몇 시간밖에 자지 못했다. 비키는 내가 불안한 표정으로 침울하게 집 주변을 돌아다니는 것을 보고 금세 어찌된 일인지 파악했다. 지금 그녀는 침대의 자기 쪽에서 매트리스의 십 인치만 차지하려고 몸을 웅크렸다. 침대에 들어올 때 자다가 우연히라도 내 쪽으로 몸이 구르지 않도록 자리를 잡으려 했다. 누워서 흐느끼다 이윽고 잠으로 빠져든 뒤로 움직이지 않았다. 진이 빠진 것이다. 나도 진이 빠졌다.

비키의 약을 거의 다 먹었는데도 잠이 오지 않는다. 신경이 곤두서 있다. 하지만 계속 보다보면 어맨다가 자기 집에서 움직이는 게 혹시 잠깐이라도 보일지 모르고, 아니면 이쪽에 뭐가 보이나 보려고 그녀가 커튼 뒤에서 살피는 걸 발견할지도 모른다.

그래서 실제로 그녀를 본다면? 그래서 뭐? 그다음에는 뭐?

비키는 내가 미쳤다고 한다. 간밤에 더 심한 말들도 했다. 하지만 누가 그녀를 탓할 수 있으랴? 나는 그녀에게 실토했지만—말할 수밖에 없었다—그게 어맨다라는 말은 하지 않았다. 어맨다의 이름이 나왔을 때 아니라고 우겼다. 비키는 의심하지만 나는 이름을 털어놓지 않으려 했다. 계속 다그치고 그러다 내 머리를 몇 대 때리기까지 했지만 끝내 밝히지 않았다.

"누구인지가 뭐가 중요해?" 나는 말했다. "당신이 만난 적 없는 여자야." 나는 거짓말을 했다. "당신이 모르는 여자라고." 그러자 그녀는 나를 때리기 시작했다.

기분이 얄궂다. 화가인 내 친구 알프레도가 친구들이 뭔가 평소 같지 않게 분위기가 저조할 때 쓰는 말이다. 얄궂다. 지금 얄궂다.

이건 미친 짓이다. 그렇다는 것을 알지만 어맨다 생각을 멈출 수가 없다. 상황이 너무 나빠지다보니 방금은 심지어 나도 모르게 첫 아내 몰리 생각까지 했다. 나는 몰리를, 그때 내 생각으로는, 나 자신의 목숨보다 사랑했다.

어맨다가 분홍색 나이트가운, 분홍색 슬리퍼와 함께 입으면 내 마음에 쏙 들던 그 옷을 입고 있는 모습을 계속 떠올린다. 그녀는 지금 황동 독서 스탠드 밑의 커다란 가죽 의자에 앉아 있을 게 분명하다. 그녀는 담배를 피우고 있다, 연거푸. 가까이에 재떨이 두 개가 있는데 둘 다 가득찼다. 의자 왼쪽, 스탠드 옆에 잡지가 쌓인 작은 테이블이 있다―괜찮은 사람들이 읽는 흔한 잡지다. 우리는 괜찮은 사람들이다, 우리 모두, 어느 정도까지는. 바로 이 순간 어맨다는, 내 상상 속에서, 잡지를 들척이다 자주 멈추고 삽화나 만화를 자세히 들여다보고 있다.

이틀 전 오후에 어맨다는 나에게 말했다. "더는 책을 못 읽어. 누가 시간이 있겠어?" 올리버가 떠난 다음날이었고 우리는 도시 산업지구의 이 작은 카페에 있었다. "지금 누가 집중할 수 있겠어?" 그녀가 말하며 커피를 저었다. "누가 읽겠어? 당신은 읽어?" (나는 고개를 저었다.) "누군가는 읽겠지, 아마도. 진열장의 그 모든 책을 봐. 또 그 클럽들도 있잖아. 누군가는 읽고 있어. 누굴까? 나는 읽는 사람을 아무도 몰라."

그것이 그녀가 한 말이었다. 아무것도 아닌 것에 관하여—그러니까 우리는 책 이야기를 하고 있는 게 아니라 우리 인생 이야기를 하고 있었다. 책은 그거하고는 아무런 상관이 없었다.

"이야기를 했더니 올리버가 뭐래?"

그 순간 우리가 하고 있는 말—우리의 긴장되고 경계하는 표정—이 내가 켰다가 바로 끄는 것 이상은 해본 적 없는 오후 텔레비전 프로그램에 나오는 사람들이 하는 말이라는 생각이 들었다.

어맨다는 기억이 살아나는 것을 견딜 수 없다는 듯이 아래를 보며 고개를 저었다.

"누구하고 엮여 있는지는 말하지 않았지, 그렇지?"

그녀는 아니라는 뜻으로 다시 고개를 저었다.

"확실해?" 나는 그녀가 커피에서 고개를 들 때까지 기다렸다.

"어떤 이름도 말하지 않았어, 당신이 그 뜻으로 묻는 거라면."

"그 친구가 어디로 간다거나 얼마나 오래 있을 거라거나 하는 이야기를 했어?" 말하면서도 내 귀로 들을 필요가 없기를 바랐다. 지금 내가 말하고 있는 사람은 내 이웃이었다. 올리버 포터. 집을 나갈 때 내가 차를 태워준 남자.

"어디라고 말하지 않았어. 어디 호텔이겠지. 나더러 챙길 거 챙겨서 사라져라, 하고 말했어—사라져라, 그러더라고. 말하는 투가 꼭 성경에 나오는 말 같았어—자기 집에서, 자기 인생에서 일주일 안에. 그때쯤 돌아올 것 같아. 그러니까 우리는 정말 중요한 결정을 해야 해, 정말 빨리, 허니. 당신과 나는 정말이지 염병할 빨리 결심을 해야 해."

이제 그녀가 나를 볼 차례였고, 그때 그녀가 평생을 갈 약속의 표시를 찾고 있었다는 걸 나는 안다. "일주일이라." 나는 말했다. 내 커피를 보았는데, 이미 식어버렸다. 짧은 시간에 많은 일이 일어났고 우리는 그것을 소화하려고 노력했다. 우리가 서로 찔러보다 사랑으로 옮겨가고, 거기서 오후의 밀회로 나아가게 된 그 몇 달 동안 혹시 장기적인 것들을 생각했다 해도 그게 무엇이었는지 나는 알지 못한다. 어쨌든 우리는 이제 심각한 곤경에 빠져 있었다. 아주 심각했다. 한낮에 카페에 숨어 이런 문제를 결정하려고 애쓰게 될 줄은 예상도 하지 못했다—전혀 예상할 수가 없었다.

나는 눈을 들어올렸고 어맨다는 커피를 젓기 시작했다. 계속 저었다. 나는 그녀의 손을 만졌고 숟가락이 손가락에서 떨어졌다. 그녀는 숟가락을 집어 다시 젓기 시작했다. 우리는 쇠락한 카페의 형광등 불빛 아래에서 테이블에 앉아 커피를 마시는 어떤 사람일 수도 있었다. 대충 누구라도 될 수 있었다. 나는 어맨다의 손을 잡고 꼭 쥐었으며, 그것으로 뭔가 바뀌는 것 같았다.

비키는 여전히 모로 누워 자고 있고 나는 아래층으로 내려간다. 우유를 데워 마실 계획이다. 잠이 오지 않으면 위스키를 마시곤 했지만 그건 끊었다. 이제는 오로지 뜨거운 우유다. 위스키를 마시던 시절에는 한밤중에 이 엄청난 갈증 때문에 잠을 깨곤 했다. 하지만 그 시절에 나는 늘 앞을 내다보았다. 예를 들어 늘 냉장고에 물 한 병을 넣어두었다. 잠이 깼을 때 탈수증상이 나타나면서 머리에서 발끝까지 땀을 흘리곤 했지만 냉장고에 그 찬물 한 병이 있다는 믿음을 갖고 비틀거리며 부엌으로 나갈 수 있었다. 나는 그것을, 그 전부를, 바닥이 드러날 때까지 다 마시곤 했다. 물 일 쿼트 전부. 가끔 잔을 사용했지만 그런 일은 많지 않았다. 그러다 갑자기 다시 완전히 취해 부엌을 누비곤 했다. 도무지 설명할 수가 없다—조금 전까지 말짱하다가 다음 순간에 취해버리는 것.

음주는 내 운명의 일부였다—어쨌든 몰리 말에 따르면. 그녀는 운명에 많은 걸 집어넣었다.

수면 부족으로 붕 떠 있는 느낌이다. 자러 갈 수 있으면, 그래서 정직한 사람의 잠을 잘 수 있다면 뭐라도 대충 다 주겠다.

그런데 왜 우리는 자야만 할까? 또 왜 우리는 어떤 위기에는 잠을 덜 자고 어떤 위기에는 더 자는 경향이 있을까? 예를 들어 아버지가 뇌졸중에 걸렸을 때. 아버지는 혼수상태 뒤에—병원 침대에 이레 밤낮을 누워 있다가—깨어나 병실에 있는 사람들에게 차분하게 "안녕하시오" 하고 말했다. 그러다가 그의 눈이 나를 잡아냈다. "안녕, 아들." 그가 말했다. 그리고 오 분 뒤 그는 죽었다. 그냥 그렇게—그는 죽었다. 그러나 그 위기 동안 내내 나는 옷을 한 번도 벗지 않았고 침대에도 가지 않았다. 대기실 의자에서 가끔 괭이잠을 잤지만 한 번도 침대로 가서 자지는 않았다.

그러다 일 년쯤 전에 비키가 다른 사람을 만나고 있다는 걸 알게 되었다. 그 이야기를 들었을 때 나는 그녀와 정면으로 맞서는 대신 침대로 가서 나오지 않았다. 며칠 동안 일어나지 않았다, 어쩌면 일주일 동안—모르겠다. 그러니까 일어나서 욕실에 가거나 부엌에 가서 샌드위치를 만들기는 했다. 심지어 오후에 파자마를 입고 거실로 나가 신문을 읽으려고도 했다. 하지만 앉은 채로 잠이 들었다. 그러다 몸을 부르르 떨며 눈을 뜨고 침대로 돌아가 좀더 잤다. 아무리 자도 부족했다.

그 일은 지나갔다. 우리는 그것을 견뎌냈다. 비키가 남자친구와 헤어졌거나 아니면 그가 그녀와 헤어졌다. 어느 쪽인지 나는 결국 알지 못했다. 그냥 그녀가 한동안 나를 떠났다가 돌아왔다는 것만 알고 있다. 하지만 우리가 이번 일은 견뎌내지 못할 거라는 느낌이 있다. 이번 일은 다르다. 올리버는 어맨다에게 그 최후통첩을 했다.

그럼에도, 올리버 자신도 이 순간 깨어 있고, 어맨다에게 화해를 다그치는 편지를 쓰고 있을 수도 있지 않을까? 바로 지금, 그녀가 그와 그들의 딸 베스에게 하고 있는 일은 어리석고 처참하고, 또 마지막으로 비극적이라고, 그들 셋에게 그렇다고 그녀를 설득하기 위해 열심히 편지를 쓰고 있을 수도 있다.

아니, 그건 말도 안 된다. 나는 올리버를 안다. 그는 가차없고 용서 없다. 그는 크로케 공을 다음 블록으로 쾅 처넣을 수 있는 사람이다—그리고 실제로 넣었다. 그런 편지 따위는 쓰지 않을 것이다. 그는 그녀에게 최후통첩을 했다, 그렇잖은가?—그럼 그걸로 끝이다. 일주일. 이제 나흘. 아니, 사흘인가? 올리버는 깨어 있을 것이고, 그렇다 해도 호텔방 의자에 앉아 얼음을 넣은 보드카 잔을 손에 쥐고 발을 침대에 올려놓고 텔레비전을 작게 틀어놓고 있을 것이다. 옷은 다 입고 있다, 신발은 안 신었지만. 그는 신발을 신지 않았다―그게 그가 할 수 있는 유일한 양보다. 그거하고 타이를 조금 느슨하게 풀었다는 거.

올리버는 가차없다.

우유를 데우고 표면의 막을 숟가락으로 걷어낸 뒤 따른다. 부엌 불을 끄고 컵을 들고 거실로 들어가 소파에 앉는다. 그곳에서는 거리 건너 불이 켜진 창들을 볼 수 있다. 하지만 가만히 앉아 있을 수가 없다. 계속 안달하며 다리를 한쪽으로 꼬았다 반대편으로 꼰다. 불꽃을 튀기거나 창을 깰 수 있을 것 같은 기분이다―어쩌면 가구를 다 재배치할 수도 있을 것 같다.

잠이 오지 않을 때 마음을 지나가는 것들! 앞서 몰리를 생각할 때는 잠시 그녀가 어떻게 생겼는지조차 기억이 나지 않았다, 참 나. 하지만 우리는 어렸을 때부터 대체로 끊이지 않고 오랜 세월을 함께했다. 나를 영원히 사랑할 거라고 했던 몰리. 유일하게 남은 것은 그녀가 부엌 식탁에 앉아 어깨를 웅크리고 두 손으로 얼굴을 가린 채 울던 기억뿐이다. 영원히, 그녀는 말했다. 그러나 일이 그렇게 풀리지는 않았다. 결국, 그녀는 말했다, 그녀와 내가 여생을 함께 살건 말건 그건 그녀에게 중요하지 않다, 그게 그녀의 진정한 관심사는 아니다. 우리의 사랑은 "더 높은 수준에서" 존재한다. 그게 그때 비키와 내가 살림을 차린 뒤 몰리가 비키에게 전화로 한 말이었다. 몰리는 전화를 걸어 비키와 연결이 되자 말했다. "댁에게는 그 사람과 댁의 관계가 있고, 나는 늘 내 관계가 있을 거야. 그 사람 운명과 내 운명은 연결되어 있어."

내 첫 아내, 몰리, 그녀는 그렇게 말했다. "우리의 운명은 연결되어 있어." 처음에는 그렇게 말하지 않았다. 나중에, 아주 많은 일이 벌어지고 난 뒤에 "우주"와 "권능 부여" 같은 말을 쓰기 시작했다. 하지만 우리의 운명은 연결되어 있지 않다─과거에는 그랬다 해도 어쨌든 지금은. 심지어 나는 그녀가 지금 어디 있는지도 모른다, 확실하게는 모른다.

몰리가 무너져버린 정확한 시간, 진짜 전환점을 내 손가락으로 짚을 수도 있을 것 같다. 내가 비키를 만나기 시작하고 몰리가 그것을 알게 된 뒤였다. 어느 날 몰리가 가르치던 고등학교에서 나에게 연락을 해서 말했다. "부탁드립니다. 부인이 지금 학교 앞에서 재주넘기를 하고 있어요. 이리로 좀 와주시면 좋겠습니다." 그때 그녀를 집에 데려오고 난 후부터 "더 높은 권능"과 "흐름과 함께 가기" 같은 유의 이야기를 듣기 시작했다. 우리의 운명은 "수정되었다". 그리고 나는 전에는 망설였는지 몰라도, 음, 그때 최대한 빨리 그녀를 떠났다─평생 알았던 이 여자를, 오랜 세월 나의 가장 좋은 친구였던 사람, 나의 절친한 친구, 홍

금을 털어놓던 사람을. 나는 그녀를 두고 나왔다. 무엇보다 겁이
났다. 겁이 났다.

내가 인생을 함께 시작했던 이 여자애, 이 달콤한 것, 이 부드
러운 영혼, 이제 그녀는 점쟁이, 손금 읽는 사람, 수정 구슬을 들
여다보는 사람을 찾아가 답을 구하고 자신의 인생을 어찌해야 할
지 알아내려 했다. 직장을 그만두고 교사 퇴직금을 찾았고 그뒤
로는 모든 결정을 할 때 『주역』을 들추었다. 이상한 옷─늘 주름
이 져 있고 암적색과 주황색이 많이 들어간 옷─을 입기 시작했
다. 심지어 둘러앉아서, 농담이 아니다, 공중 부양을 하려는 집
단과 얽히기까지 했다.

몰리와 내가 함께 자랄 때 그녀는 나의 일부였고, 틀림없이,
나도 그녀의 일부였다. 우리는 서로 사랑했다. 그것이 실제로 우
리의 운명이었다. 그때는 나 자신도 그것을 믿었다. 하지만 지금
은 무엇을 믿어야 할지 모르겠다. 불평을 하는 게 아니라 그냥
사실을 진술하는 거다. 나는 아무것도 아닌 존재로 전락했다. 그
리고 이렇게 계속 갈 수밖에 없다. 운명은 없다. 그냥 다음 일이
있을 뿐이고 그것은 뭐든 그냥 우리가 의미한다고 생각하는 것
을 의미할 뿐이다. 충동을 따르고 실수하는 것, 다른 모든 사람
과 마찬가지로.

어맨다? 그녀를 믿고 싶고 그녀의 마음을 축복하고 싶다. 하

지만 그녀는 나를 만났을 때 누군가를 찾고 있었다. 그게 사람들이 불안해질 때 하는 방식이다. 그러다 뭔가를 시작해버린다, 그러면 상황이 영원히 바뀔 것을 알면서도.

앞마당에 나가 뭔가 소리치고 싶다. "이 어떤 것도 그럴 가치가 없어!" 그게 내가 사람들이 들었으면 하는 거다.

"운명." 몰리는 말했다. 내가 아는 한 그녀는 여전히 그 말을 하고 있을 거다.

이제 저 건너편은 불이 다 꺼졌고 부엌의 그 불만 남아 있다. 어맨다에게 전화를 해볼 수도 있다. 전화를 해서 이제 어떤 일이 어디까지 벌어질지 볼 수도 있다! 만일 비키가 내가 다이얼을 돌리는 소리나 통화를 하는 소리를 듣고 아래층으로 내려온다면? 위층에서 수화기를 들고 듣는다면? 게다가 언제라도 베스가 전화를 받을 가능성이 있다. 오늘 아침에는 어떤 아이와도 이야기하고 싶지 않다. 누구하고도 이야기하고 싶지 않다. 사실 할 수 있다면 몰리와 이야기를 하고 싶지만 이제는 그럴 수 없다—이제 그녀는 다른 사람이다. 그녀는 이제 몰리가 아니다. 하지만— 내가 무슨 말을 할 수 있을까?—나도 다른 사람인데.

이 동네 다른 모든 사람—특별할 것 없고 정상적이고 별 재주가 없는 사람—과 같이 방으로 가고, 눕고, 잘 수 있으면 좋겠다. 오늘은 엄청난 날이 될 것이니 거기 대비를 하고 싶다. 자고 깨면 인생의 모든 게 달라져 있으면 좋겠다. 반드시 큰일, 어맨다와의 이 일이나 몰리와의 과거가 아니라도 좋다. 분명히 내 힘으로 할 수 있었던 일이라도.

어머니와 나의 상황을 보자. 전에는 매달 돈을 보냈다. 그러다 같은 액수를 일 년에 두 번 나누어 보내기 시작했다. 생일에 돈을 보냈고 크리스마스에 돈을 보냈다. 나는 생각했다. 어머니 생일을 잊을 걱정을 할 필요가 없다, 크리스마스 선물을 보낼 걱정을 할 필요가 없다. 걱정할 필요가 없다, 끝. 그렇게 오랜 기간 시계장치처럼 움직여왔다.

그러다 작년에 어머니가—돈 보내는 두 번 사이, 3월이었다, 아니 어쩌면 4월—라디오를 요청했다. 라디오가 있으면, 어머니는 말했다, 큰 도움이 될 것 같다.

어머니가 원하는 것은 작은 시계 라디오였다. 부엌에 가져가 거기 놓고 저녁에 먹을 걸 만들면서 들을 수 있다. 또 오븐에서 뭘 꺼내야 할 시간을 알려고 할 때, 또는 원하는 프로그램이 시작하는 시간까지 얼마나 남았는지 알려고 할 때 시계를 볼 수도 있다.

작은 시계 라디오.

어머니는 처음에는 암시를 주었다. "정말이지 라디오 하나 갖고 싶어. 하지만 살 여유가 없구나. 생일까지 기다려야 할 것 같아. 갖고 있던 그 작은 라디오는 떨어져서 부서졌어. 라디오가 아쉬워." 라디오가 아쉬워. 통화할 때 어머니는 그렇게 말했다. 아니면 편지를 쓸 때 그 이야기를 꺼내곤 했다.

마침내—내가 뭐라고 할까? 전화로 나는 라디오를 살 여유가 없다고 말했다. 어머니가 분명하게 이해하도록 편지에서도 말했다. 라디오를 살 여유가 없어요, 라고 썼다. 지금 어머니한테 하고 있는 것보다, 나는 말했다, 더 할 수가 없어요. 그게 내가 한 말 그대로다.

그러나 그것은 사실이 아니었다! 더 할 수 있었다. 그냥 할 수 없다고 말했을 뿐이다. 어머니에게 라디오를 사줄 여유는 있었다. 그게 돈이 얼마나 들겠나? 삼십오 달러? 사십 달러나 그 이하, 세금 포함. 우편으로 라디오를 보낼 수도 있었다. 귀찮아서 하고 싶지 않으면 가게의 누구한테 시킬 수도 있었다. 아니면 이 돈으로 라디오 사세요, 어머니 하는 메모와 함께 사십 달러짜리 수표를 보낼 수도 있었다.

어떤 식으로든 처리할 수 있었다. 사십 달러—장난하나? 하지만 나는 그러지 않았다. 그걸 내놓으려 하지 않았다. 원칙이 결부된 문제 같았다. 어쨌든 나 자신에게 그렇게 말했다—여기에는 원칙이 결부되어 있다.

하.

그래서 무슨 일이 벌어졌는가? 어머니가 죽었다. 어머니는 죽었다. 식료품점에서 집으로, 자신의 아파트로 식료품이 든 봉투를 들고 돌아가다 누군가의 덤불에 쓰러져 죽었다.

나는 뒷일을 처리하러 비행기를 타고 날아갔다. 어머니는 아직 검시관이 맡고 있었는데, 핸드백과 식료품은 사무실의 책상 뒤에 두었다. 그들이 건네준 핸드백은 구태여 안을 들여다보지 않았다. 어머니가 식료품점에서 사온 것은 메타무실* 한 단지, 자몽 두 개, 코티지치즈 한 통, 버터밀크 일 쿼트, 감자와 양파 몇 개, 색이 변하기 시작하는 다진 고기 한 봉지였다.

맙소사! 그걸 보고 울었다. 멈출 수가 없었다. 절대 울음을 멈추지 못할 거라고 생각했다. 책상에 앉아 일하던 여자는 당황해서 물 한 잔을 가져다주었다. 그들은 어머니의 식료품을 담아갈 봉투 하나, 개인 소지품—핸드백과 의치—을 담아갈 봉투 하나를 주었다. 나중에 나는 의치를 코트 호주머니에 넣고 빌린 차를 타고 가 장례식장의 누군가에게 주었다.

---

* 변비 치료에 쓰는 섬유질 파우더.

어맨다의 부엌은 여전히 불이 밝혀져 있다. 바깥의 그 모든 낙엽에까지 넘쳐흐르는 환한 빛이다. 어쩌면 그녀도 나와 같은지 모른다, 겁을 먹었다. 어쩌면 그녀는 저 불을 그냥 밤 조명으로 켜두었는지도 모른다. 아니면 아직도 깨어서 부엌 식탁에 앉아 빛을 받으며 나에게 편지를 쓰고 있는지도 모른다. 어맨다는 나에게 편지를 쓰고 있고, 나중에 진짜 하루가 시작되면 어떻게든 그걸 내 두 손에 쥐여줄 것이다.

생각해보니 우리가 서로 안 이후로 나는 그녀에게서 편지를 받은 적이 없다. 우리가 어울리던 기간 내내—여섯 달, 여덟 달—그녀의 필체는 한 조각도 본 적이 없다. 그녀가 편지를 쓸 만큼 글을 깨쳤는지조차 모른다.

깨쳤다고 생각한다. 당연히 깨쳤다. 그녀는 책 이야기를 한다, 그렇지 않은가? 물론 상관없다. 아니, 약간은 있다, 내 생각에. 어쨌거나 나는 그녀를 사랑한다, 그렇잖은가?

하지만 나 또한 그녀에게 뭔가 써 보낸 적이 없다. 우리는 늘 전화로, 그게 아니면 얼굴을 마주보고 말했다.

몰리, 그녀는 편지를 쓰는 사람이었다. 우리가 함께 살지 않게 된 이후로도 나에게 편지를 쓰곤 했다. 비키는 우편함에서 몰리의 편지를 가져와 아무 말 없이 부엌 식탁에 놓아두곤 했다. 마침내 편지는 횟수가 줄어들었고, 뜸해질수록 괴상해졌다. 그렇게 가끔 마음먹고 보내는 편지 때문에 나는 오싹했다. "아우라"와 "징조"에 관한 이야기로 가득했다. 가끔 그녀는 자신에게 뭔가 해야 한다고 또는 어딘가 가야 한다고 말하는 목소리에 관해 이야기했다. 그러다 한번은 무슨 일이 있다 해도 우리는 여전히 "같은 주파수에" 있다고 말했다. 그녀는 늘 내가 느끼는 것을 정확하게 알고 있다, 그녀는 말했다. 그녀는 때때로 "나에게 전파를 쏘았다", 그녀는 말했다. 그런 편지를 읽으면 목덜미의 털이 간질간질해지곤 했다. 그녀는 또 운명을 가리키는 새로운 단어를 사용했다. 카르마. "나는 나의 카르마를 끝까지 쫓고 있어." 그녀는 썼다. "당신 카르마는 나쁜 쪽으로 방향을 틀었어."

자러 가고 싶지만 무슨 소용이 있을까? 사람들이 곧 일어날 것이다. 머지않아 비키의 자명종이 울릴 것이다. 위층에 올라가 아내가 있는 침대로 돌아가 미안하다고, 실수가 있었다고, 이 모든 것을 잊어버리자고 말하고, 그런 뒤 잠이 들어 그녀의 품에서 그녀와 함께 깨어날 수 있으면 좋겠다. 하지만 그럴 권리는 이미 박탈당했다. 이제 나는 그 모든 것의 바깥에 있고 안으로 돌아갈 수 없다! 하지만 한다고 해보자. 위층으로 올라가 내가 하고 싶은 대로 비키가 있는 침대로 슬쩍 들어간다고 해보자. 그녀는 잠을 깨고 말할지도 모른다, 이 나쁜 새끼. 감히 누구를 만져, 개자식.

그런데 도대체 무슨 말을 하는 건가? 나는 그녀를 만지지 않을 거다. 그런 식으로는 아니다, 만지지 않을 거다.

몰리를 떠난 뒤, 그녀에게서 빠져나온 뒤 두 달쯤 있다가 몰리는 정말로 그렇게 됐다. 그때 그녀는 진짜로 붕괴를 겪었다, 내내 다가오고 있던 그 붕괴. 그녀의 여동생이 그녀가 필요한 보살핌을 받도록 손을 썼다. 내가 무슨 말을 하고 있는 건가? 그들은 그녀를 집어넣었다. 그럴 수밖에 없다, 그들은 말했다. 그들은 내 아내를 집어넣었다. 그 무렵 나는 비키와 살고 있었고 위스키를 마시지 않으려고 노력하고 있었다. 나는 몰리를 위해 아무것도 할 수 없었다. 그러니까 그녀는 거기 있고 나는 여기 있어서 원한다 해도 그녀를 거기서 빼낼 수 없었다. 하지만 사실은, 그러고 싶지 않았다. 그녀는 그 안에 있을 필요가 있어서 안에 있는 거다. 그들은 말했다. 아무도 운명 이야기는 하지 않았다. 이미 그것을 넘어선 상황이었다.

그런데 나는 그녀의 면회도 가지 않았다─단 한 번도! 당시에는 거기 있는 그녀를 보는 게 견딜 수 없다고 생각했다. 하지만, 맙소사, 나는 도대체 뭔가? 좋을 때만 친구인가? 우리는 많은 것을 함께해왔는데. 하지만 도대체 그녀에게 무슨 말을 할 수 있단 말인가? 이 모든 게 안타까워, 허니. 그렇게 말할 수도 있었다, 어쩌면. 편지를 쓰려고 했으나 쓰지 않았다. 한마디도. 쓴다고 해도 어차피 편지에서 무슨 말을 할 수 있을까? 치료는 어떻게 돼가, 베이비? 당신이 지금 있는 곳에 있어야 하는 게 안타깝지만 포기하지 마. 그 모든 좋은 시절 기억나? 우리가 함께 행복했던 때 기억나? 이봐, 그 사람들이 당신한테 이렇게 해서 안타까워. 이런 식이 되어서 안타까워. 모든 게 이제 그저 쓰레기일 뿐인 게 안타까워. 안타까워, 몰리.

나는 쓰지 않았다. 그녀를 잊으려 하고 있었다고, 그녀가 존재하지 않는 척하려 하고 있었다고 생각한다. 몰리 누구?

나는 내 아내를 떠나 다른 사람의 아내를 데려왔다. 비키. 이제 어쩌면 비키 또한 잃어버렸을 거라고 생각한다. 하지만 비키는 정신적으로 장애가 있는 사람들을 위한 여름 캠프 같은 데로 가버리지는 않을 거다. 그녀는 단단한 쪽이다. 그녀는 전남편 조 크래프트를 떠날 때 눈 하나 깜빡하지 않았다. 그것 때문에 하룻밤 잠을 설친 일도 없었을 거라고 생각한다.

비키 크래프트-휴스. 어맨다 포터. 이게 나의 운명이 나를 데려온 곳인가? 이 동네의 이 거리로, 이 여자들의 삶을 엉망으로 만들러?

내가 보고 있지 않을 때 어맨다의 부엌 불이 꺼졌다. 거기 있던 방은 이제 다른 방들처럼 사라졌다. 오직 포치의 불만 아직도 빛나고 있다. 어맨다가 그 불은 잊은 게 틀림없다, 짐작건대. 이봐, 어맨다.

　한번은, 몰리가 그곳에 들어가 있고 나는 제정신이 아니었을 때―제대로 보자, 나도 미친 상태였다―어느 날 밤 나는 친구 알프레도의 집에 있었다. 우리 패거리는 술을 마시고 레코드를 들었다. 나는 이제 나에게 일어난 일은 상관하지 않았다. 일어날 수 있는 모든 일이, 나는 생각했다, 이미 다 일어났다. 나는 균형을 잃은 느낌이었다. 길을 잃은 느낌이었다. 어쨌든, 나는 거기 알프레도네 있었다. 그의 집 모든 벽에는 열대의 새와 동물을 그린 그의 그림들이 걸려 있었고, 방 곳곳에도 그림이 물건들에 기댄 채 서 있었다. 예를 들어 테이블 다리나 벽돌과 판자로 만든 그의 책장에 기댄 채. 그뿐 아니라 뒤쪽 포치에는 그림을 쌓아놓았다. 부엌은 그의 스튜디오 역할을 했으며, 나는 앞에 술을 한 잔 놓고 부엌 식탁에 앉아 있었다. 이젤 하나가 한쪽 옆, 골목을 굽어보는 창문 앞에 세워져 있었고 식탁 한쪽 끝에는 구겨진 물감 튜브며 팔레트며 붓 몇 개가 놓여 있었다. 알프레도는 몇 피트 떨어진 카운터에서 자신이 마실 술을 만들고 있었다. 나는 그 작은 공간의 추레하고 검박한 면을 사랑했다. 누가 거실에 있는 스테레오의 음량을 키워 집이 아주 큰 소리로 가득차면서 부엌 창들이 창틀에서 덜거덕거렸다. 갑자기 몸이 떨리기 시작했다. 처음에는 두 손이, 이어 팔과 어깨가 떨리기 시작했다. 이가 딱 딱 맞부딪치기 시작했다. 잔을 잡고 있을 수가 없었다.

"야, 왜 그래?" 알프레도가 고개를 돌리다 내가 어떤 상태인 지 보고 물었다. "이봐, 뭐야? 무슨 일이야?"

말을 할 수가 없었다. 무슨 말을 할 수 있을까? 어떤 발작이 일어나고 있다는 생각이 들었다. 간신히 두 어깨를 들어올렸다 내려 어깨를 으쓱하는 시늉을 했다.

그러자 알프레도가 다가와 의자를 당겨 식탁의 내 옆자리에 앉았다. 화가의 큰 손을 내 어깨에 얹었다. 나는 계속 떨고 있었다. 그도 내가 떠는 것을 느낄 수 있었다.

"야, 왜 그래? 모든 게 정말 안타깝다. 야. 지금 정말 힘들다 는 건 알고 있어." 그러더니 나를 위해 메누도를 만들겠다고 말했다. 내가 아픈 데 도움이 될 거라고 했다. "야, 그게 신경에 도움이 돼. 바로 진정을 시켜주지." 메누도를 위한 재료는 다 있다, 그는 말했다, 어차피 좀 만들고 싶었던 참이다.

"내 얘기 잘 들어. 야, 내가 하는 말 잘 들어. 나는 이제 네 가족이야." 알프레도가 말했다.

새벽 두시였고 우리는 취했고 집에는 다른 취한 사람들이 있었고 스테레오는 최대한도로 빵빵대고 있었다. 그러나 알프레도는 냉장고로 가서 문을 열고 재료를 몇 가지 꺼냈다. 문을 닫고 이번에는 냉동실을 보았다. 봉지에 든 뭔가를 발견했다. 이어 찬장을 둘러보았다. 싱크대 아래 장에서 커다란 팬을 꺼냈고, 이제 준비가 되었다.

양.* 그는 양과 물 일 갤런으로 시작했다. 다음에는 양파를 썰고 그것을 물에 넣은 다음 끓이기 시작했다. 냄비에 초리조 소시지를 넣었다. 그런 뒤 말린 후추 열매를 끓는 물에 넣고 칠리 가루를 뿌렸다. 다음은 올리브유 차례였다. 그는 토마토소스가 든 커다란 캔을 따 그걸 쏟아넣었다. 거기에 마늘 몇 쪽, 얇게 썬 흰 빵 몇 조각, 소금, 레몬즙을 추가했다. 캔을 하나 더 따―옥수수였다―그것도 냄비에 쏟아넣었다. 그 모든 걸 다 넣은 뒤 불을 줄이고 냄비에 뚜껑을 덮었다.

나는 그를 지켜보았다. 내가 앉아서 떠는 동안 알프레도는 레인지 앞에서 메누도를 만들며 이야기를 하고―나는 그가 무슨 소리를 하고 있는 건지 전혀 몰랐지만―가끔 고개를 젓거나 혼자 휘파람을 불기 시작했다. 이따금 사람들이 맥주를 가지러 부

---

* 음식 재료로 쓰이는 소나 돼지 위의 안쪽 부분.

억에 들어왔다. 그러나 알프레도는 내내 아주 진지하게 메누도만 살폈다. 새해 첫날 모렐리아*의 집에서 가족을 위해 메누도를 만들고 있다고 해도 좋을 것 같았다.

사람들은 한동안 부엌에서 죽치며 농담을 했지만 알프레도는 그들이 한밤중에 메누도를 만드는 걸 두고 농담을 해도 마주 농담하지 않았다. 곧 그들은 우리 둘만 남기고 나갔다. 마침내 나는 천천히 식탁에서 일어섰고 알프레도가 손에 숟가락을 들고 레인지 앞에 서서 나를 지켜보고 있었다. 나는 부엌에서 나가 욕실로 들어갔고 거기서 여분의 방으로 통하는 다른 문을 열었다—나는 그 방 침대에 누워 잠이 들었다. 잠을 깼을 때는 오후 중반이었다. 메누도는 사라지고 없었다. 냄비는 싱크대의 물에 잠겨 있었다. 다른 사람들이 먹은 게 분명했다! 그들이 그것을 먹고 진정된 게 분명했다. 모두 사라지고 없었고 집은 조용했다.

그뒤로 알프레도는 한두 번밖에 보지 못했다. 그날 밤 이후 우리 삶은 우리를 서로 다른 방향으로 데려갔다. 그리고 거기 있던 그 다른 사람들—그들이 어디로 갔는지 누가 알겠는가? 나는 메누도를 한 번도 맛보지 못하고 죽을지도 모른다. 하지만 누가 알 수 있겠는가?

---

* 멕시코 중남부의 도시.

결국 이것이 그 모든 일의 결말일까? 중년의 남자가 이웃의 부인과 엮이고 그 부인은 성난 최후통첩을 받고? 이게 무슨 운명인가? 일주일, 올리버는 말했다. 이제 사나흘 남았다.

차 한 대가 전조등을 켜고 지나간다. 하늘은 잿빛으로 변하고 있고 새 몇 마리가 놀라 움직이는 소리가 들린다. 더는 기다릴 수 없다고 결정한다. 아무것도 안 하면서 그냥 여기 앉아 있을 수는 없다—그건 이제 끝이다. 계속 기다릴 수는 없다. 나는 기다리고 또 기다렸는데 그 결과가 뭔가? 비키의 자명종이 곧 울릴 것이고 베스는 일어나서 옷을 입고 학교에 갈 것이고 어맨다도 일어날 것이다. 동네 전체가 일어날 것이다.

뒤쪽 포치에서 낡은 청바지와 스웨트셔츠를 찾아내 파자마를 벗고 갈아입는다. 그리고 하얀 캔버스화를 신는다—"주정뱅이" 신발, 알프레도라면 그렇게 불렀을 거다. 알프레도, 지금 어디 있나?

바깥으로 나가 차고로 가서 갈퀴와 잔디용 자루 몇 개를 찾아낸다. 갈퀴를 들고 집 앞으로 돌아 나와 일을 시작할 준비를 마칠 때쯤 내겐 그 문제에 대한 선택의 여지가 더는 없다는 느낌이 든다. 바깥은 밝다—어쨌든 내가 하려고 하는 일을 할 만큼은 밝다. 잠시 후 더는 그 생각을 하지 않고 갈퀴질을 시작한다. 우리 마당을 구석구석 갈퀴질한다. 제대로 하는 것도 중요하다. 갈퀴를 잔디 속에 꽂고 강하게 당긴다. 풀은 누가 머리카락을 강하게 확 잡아채는 기분을 느낄 게 분명하다. 이따금 거리에서 차가 지나가다 속도를 늦추지만 나는 하는 일에서 고개를 들지 않는다. 차에 탄 사람들이 무슨 생각을 하고 있을지 잘 알지만 그들은 완전히 틀렸다―그들은 반도 모른다. 어떻게 알 수 있겠는가? 나는 행복하다, 갈퀴질을 하느라.

우리 마당을 끝내고 갓돌 옆에 자루를 내려놓는다. 그리고 옆집 백스터네 마당을 갈퀴질하기 시작한다. 몇 분 뒤 미시즈 백스터가 목욕가운 차림으로 포치에 나온다. 나는 알은체하지 않는다. 창피해서도 아니고 친하지 않게 보이고 싶어서도 아니다. 내가 하는 일을 계속하고 싶을 뿐이다.

그녀는 한동안 아무 말 하지 않다가 이윽고 입을 연다. "안녕하세요, 미스터 휴스. 오늘 아침은 어떠신가요?"

나는 하던 일을 멈추고 이마를 팔로 훔친다. "좀 있으면 다 끝날 겁니다. 이런다고 뭐라 하시지 않으면 좋겠습니다."

"뭐라 하지 않죠." 미시즈 백스터가 말한다. "어서 계속하세요, 나야 뭐." 그녀 뒤 문간에 미스터 백스터가 서 있는 게 보인다. 이미 슬랙스에 스포츠 코트에 타이 차림으로 출근 준비를 끝냈다. 하지만 포치까지 나서지는 않는다. 이윽고 미시즈 백스터가 몸을 돌려 미스터 백스터를 보고, 그는 어깨를 으쓱한다.

괜찮다. 어차피 여기는 끝났다. 다른 마당, 따지고 보면 더 중요한 마당들도 있다. 무릎을 꿇고 갈퀴 손잡이의 아래쪽을 잡고 마지막 낙엽들을 자루에 담고 아가리를 묶는다. 그런 다음에는 어쩔 수 없다. 그냥 손에 갈퀴를 쥐고 풀밭에 무릎을 꿇은 채 거기에 있을 뿐. 고개를 들자 백스터 부부가 포치 계단을 함께 내려와 달콤한 냄새가 나는 젖은 풀밭을 걸어 천천히 내 쪽으로 온다. 그들은 몇 피트 떨어진 곳에서 발을 멈추고 나를 꼼꼼히 살핀다.

"이제 됐어요." 미시즈 백스터가 말하는 소리가 들린다. 여전히 가운에 슬리퍼 차림이다. 밖은 쌀쌀하다. 그녀는 가운의 목 부분을 쥐고 있다. "정말 훌륭하게 해주셨네요, 네, 정말이에요."

나는 아무 말도 하지 않는다. 심지어 "천만에요" 하는 말도 하지 않는다.

그들은 한참 더 내 앞에 서 있고 우리 누구도 더는 할말이 없다. 마치 뭔가에 관한 합의에 이른 것 같다. 잠시 후 그들은 몸을 돌려 자기 집으로 돌아간다. 머리 위 높은 곳에서, 늙은 단풍나무 가지―이 잎들이 떨어지는 곳이다―에서 새들이 서로 부른다. 어쨌든 나는 그들이 서로 부르고 있다고 생각한다.

갑자기 차문이 쾅 닫힌다. 미스터 백스터가 진입로의 차에 있고 차창이 내려져 있다. 미시즈 백스터가 앞 포치에서 그에게 뭐라고 말하자 미스터 백스터는 고개를 천천히 끄덕이더니 내 쪽을 본다. 갈퀴를 들고 거기 무릎을 꿇고 있는 나를 보고 얼굴에 어떤 표정이 스쳐간다. 얼굴을 찌푸린다. 이보다 나은 순간에는 미스터 백스터도 품위 있는 보통의 사람이다─사람들이 특별하다고 착각하지 않을 사람. 하지만 그는 사실 특별하다. 내 의견으로는 그렇다. 우선 그는 간밤에 푹 잤고 방금 출근하기 전 아내를 포옹했다. 하지만 떠나기도 전에 이미 정해진 시간 뒤에 귀가할 것으로 예정되어 있다. 사실 세상의 더 거대한 그림 속에서 그의 귀가는 별로 중요하지 않은 사건이다─그래도 하나의 사건이다.

백스터가 시동을 걸자 엔진이 움직인다. 이윽고 그는 수월하게 후진하여 진입로에서 벗어나 브레이크를 밟고 기어를 바꾼다. 거리를 달려 지나가다 속도를 늦추고 잠깐 내 쪽을 본다. 한 손을 운전대에서 떼어 들어올린다. 경례일 수도 있고 묵살의 표시일 수도 있다. 어쨌든 하나의 표시다. 이윽고 그는 멀리 도시 쪽을 본다. 나도 일어나며 손을 들어올린다─딱히 흔든다고 할 수는 없어도 그것에 가깝기는 하다. 다른 차도 몇 대 지나간다. 한 운전자가 친근하게 약한 경적을 울리는 것을 보니 나를 안다고 생각하는 것이 분명하다. 나는 좌우를 살피고 길을 건넌다.

코끼리

동생에게 그 돈을 주는 게 실수였다는 건 알고 있었다. 다른 누구도 내게 빚을 지게 할 필요가 없었다. 하지만 동생이 전화해서 집 대출금을 내지 못한다고 하는데 내가 어쩔 수 있었겠는가? 나는 동생 집에 들어가본 적이 없었다—동생은 천 마일 떨어진 캘리포니아에 살고 있었으니까. 심지어 동생 집을 본 적도 없었다—하지만 동생이 집을 잃는 건 원치 않았다. 그는 전화에 대고 울면서 자신이 일해서 얻은 모든 걸 잃게 생겼다고 말했다. 돈을 갚겠다고 했다. 2월에, 동생이 말했다. 어쩌면 더 일찍. 어쨌든 늦어도 3월까지는. 소득세 환급금이 들어올 거라고 했다. 게다가, 그는 말했다. 투자를 좀 한 게 있는데 그게 2월이면 만기가 된다. 투자 건에 관해서는 비밀스럽게 굴었기 때문에 자세한 내

용을 따져 묻지는 않았다.

"이건 나를 믿어줘." 동생이 말했다. "실망하는 일 없도록 할게."

동생은 지난 7월 일하던 유리섬유 단열 공장이 직원 이백 명을 해고하기로 했을 때 일자리를 잃었다. 그 이후 실업수당으로 생계를 유지했지만 이제 그 돈은 나오지 않고 저축한 돈도 다 사라졌다. 더는 건강보험도 없었다. 일자리가 사라지면서 보험도 사라졌다. 십 년 연상인 부인은 당뇨 환자라 치료가 필요했다. 차 두 대 가운데 한 대―그녀의 차, 낡은 스테이션왜건―를 팔아야 했고 일주일 전에는 텔레비전을 전당포에 맡겼다. 그때 전당포들이 있는 거리에서 텔레비전을 들고 왔다갔다하느라 허리를 다쳤다고 했다. 가장 잘 쳐주는 데를 찾으려고, 그가 말했다, 여기저기 돌아다녔다. 누군가 마침내 그것에, 이 커다란 소니 텔레비전에 백 달러를 주었다. 그는 텔레비전 이야기를 하다니, 허리가 망가진 이야기를 했다, 내 심장이 있어야 할 자리에 돌이 있는 게 아니라면 거기에 낚일 수밖에 없다는 듯이.

"나 완전히 나자빠졌어." 동생이 말했다. "하지만 형이 도와주면 헤치고 나올 수 있어."

"얼마나 필요해?"

"오백. 물론 더 있으면 좋지, 누가 안 그렇겠어?" 동생이 말했다. "하지만 나는 현실적으로 살고 싶어. 오백은 갚을 수 있어. 그 이상이면, 솔직히 말하는데, 별로 자신이 없어. 형, 나도 부탁하는 거 싫어. 하지만 형이 내 마지막 기댈 곳이야. 어마 진하고 나는 오래지 않아 길바닥에 나앉게 될 거야. 형이 실망하는 일 없도록 할게." 그게 동생이 한 말이었다. 그가 한 말 그대로다.

우리는 조금 더 이야기했지만―주로 어머니와 어머니가 겪는 문제에 관해―핵심만 간단히 이야기하면 나는 동생에게 돈을 보냈다. 보내야 했다. 어쨌든 그래야 한다고 느꼈다―그게 그거지만. 동생에게 수표를 보낼 때 편지를 써서 나한테 갚을 돈을 어머니에게 주라고 말했다. 어머니는 동생과 같은 타운에 살았고 가난하고 탐욕스러웠다. 나는 비가 오든 해가 나든 삼 년 동안 매달 어머니한테 수표를 우편으로 부쳤다. 그래서 동생이 나에게 빚진 돈을 어머니에게 갚으면 그쪽 갈고리에서 풀려나 한동안 숨을 좀 쉴 수 있을지도 모른다고 생각했다. 어쨌든 두어 달은 그 문제는 걱정할 필요가 없을 거다. 또, 이건 사실인데, 둘이 같은 타운에 살고 있고 동생이 어머니를 가끔 보니 그렇게 하면 동생이 돈을 갚을 가능성도 커질 거라고 생각했다. 내가 한 일은 어떤 식으로든 나를 보호하려는 것이었다. 요는, 동생에게 돈을 갚으려는 최선의 의도가 있을 수도 있지만 가끔 이런저런 일이 일어난다는 거다. 최선의 의도를 방해하는 일들. 보이지 않

으면 마음도 멀어진다. 흔히 그렇게 말한다. 하지만 자기 어머니
돈을 떼어먹지는 않을 거다. 아무도 그러지는 않을 거다.

예상할 수 있는 일과 요구되는 일을 모두가 확실히 알아두게
하려고 몇 시간 동안 편지를 썼다. 나는 심지어 멀리 있는 어머
니에게 전화를 걸어 설명하려고도 했다. 하지만 어머니는 이 일
전체에 의구심을 가졌다. 전화로 차근차근 설명해나갔지만 그래
도 의심했다. 나는 3월 1일과 4월 1일에 보낼 돈을 나에게서 돈
을 빌린 빌리가 대신 줄 거라고 말했다. 어머니는 돈을 받게 될
거다. 그러니 걱정할 필요 없다. 유일한 차이는 그 두 달 동안 나
대신 빌리가 어머니한테 돈을 준다는 거다. 평소에 내가 보내는
돈을 빌리가 어머니에게 줄 텐데, 다만 빌리가 나에게 우편으로
돈을 보내고 내가 그걸 다시 어머니에게 보내는 게 아니라 빌리
가 어머니에게 직접 준다는 거다. 결단코 어머니는 걱정할 필요
가 없다. 어머니는 돈을 분명히 받는데 다만 그 두 달은 빌리가
준다―빌리가 나에게 빚진 돈을 준다. 맙소사, 내가 전화요금으
로 얼마를 썼는지 모르겠다. 내가 어머니에게 한 말을 빌리에게
하고 빌리가 어머니한테 할 일을 어머니에게 말하는 편지를 쓸
때마다 오십 센트가 생겼으면 좋으련만.

하지만 어머니는 빌리를 신뢰하지 않았다. "그애가 돈을 내놓
지 않으면?" 어머니는 나에게 전화로 말했다. "그럼 어떡해? 그

애는 엉망이야. 그래서 그애가 안타까워. 하지만, 아들, 내가 알고 싶은 건, 그애가 나한테 돈을 줄 수 없으면 어떡하냐는 거야. 그애가 못 주면? 그럼 어떡해?"

"그럼 내가 드릴게요. 늘 하던 대로. 그애가 드리지 않으면 내가 드릴게요. 하지만 그애가 드릴 거예요. 걱정 마세요. 드린다고 하고 있고 실제로 드릴 거예요."

"걱정하고 싶지 않아. 그래도 걱정이 돼. 아들들 걱정을 하다가 이제는 내 걱정을 하고 있어. 내 아들이 이런 꼴이 되는 걸 보리라 생각한 적이 없었는데. 그저 네 아빠가 살아서 이 꼴을 안 보는 게 다행이다 싶을 뿐이다."

석 달 뒤 동생은 나에게 빚진 돈, 그러니까 어머니한테 주어야 할 돈 가운데 오십 달러를 어머니에게 주었다. 아니, 어쩌면 어머니에게 준 돈이 칠십오 달러였는지도 모르겠다. 서로 대립하는 설, 두 개의 대립하는 설, 동생의 설과 어머니의 설이 있다. 하지만 그게 동생이 오백 가운데 어머니에게 준 전부였다―누구 이야기에 귀를 기울이고 싶으냐에 따라 오십 달러 또는 칠십오 달러가. 나머지는 내가 메워야 했다. 평소와 똑같이 계속 거금을 쏟아부어야 했다. 동생은 끝장이 났다. 어떻게 된 일인지 보려고 전화했을 때 동생이 나한테 한 얘기가 그거였다―끝장이 났다는 것. 동생한테 전화한 건 어머니가 돈을 찾다가 나한테 전화를 했기 때문이었다.

어머니가 말했다. "네 편지가 좌석 뒤에 떨어졌을지도 몰라서 우편배달부한테 다시 가서 트럭 안을 찾아보라고 했어. 그런 다음에는 동네를 돌아다니면서 이웃들한테 혹시 내 우편물이 잘못 갔는지 물어봤어. 이게 어찌된 일인지 걱정돼 미치겠구나, 얘야." 그러더니 어머니는 말했다. "이럴 때 어머니란 사람은 무슨 생각을 해야 하는 거냐?" 이 일에서 누가 그녀의 최선의 이익을 지켜주고 있는가? 어머니는 그것을 알고 싶어했고, 언제 돈을 받을 수 있는지 알고 싶어했다.

그래서 나는 동생에게 전화를 걸어 이것이 그냥 단순한 지체인지 아니면 완전한 파탄인지 확인하려 했다. 그러나 빌리에 따르면 그는 끝장이었다. 완전히 망가졌다. 곧 집을 내놓을 예정이다. 그동안 너무 오래 버텼기 때문에 자칫 집을 옮기려고 해보지도 못하는 일이 없기만 바랄 뿐이다. 집에는 팔 수 있는 물건이 하나도 남지 않았다. 부엌 식탁과 의자만 빼고 모조리 팔아버렸다. "피라도 팔 수 있으면 좋겠어. 하지만 누가 그걸 사겠어? 내 운으로 보아 불치병에라도 걸렸을 것 같은데." 그리고 당연히, 투자 건은 잘 풀리지 않았다. 전화로 그 문제를 묻자 동생은 실현되지 않았다고만 했다. 세금 환급도 이루어지지 않았다―국세청이 그의 환급금에 대해 어떤 선취특권이란 걸 행사했다. "엎친 데 덮친 거지. 미안해, 형. 이렇게 되게 할 생각은 아니었어."

"이해해." 나는 말했고 실제로 이해했다. 그렇다고 조금이라
도 편해지지는 않았다. 어쨌든 이런 이유든 저런 이유든 나는 그
에게서 내 돈을 받지 못했고 어머니도 마찬가지였다. 나는 어머
니에게 매달 계속 돈을 보내야 했다.

쓰렸다, 맞다. 누군들 그렇지 않겠는가? 동생이 가여웠고 곤
경이 그의 문을 두드린 것이 안타까웠다. 하지만 이제 나 자신의
등이 막다른 벽에 닿아 있었다. 그래도 이제부터는 무슨 일이 생
겨도 동생이 돈을 더 얻으려고 나를 다시 찾지는 않을 것이다—
현재 나에게 빚지고 있는 상황을 고려할 때. 아무도 그러지는 않
을 거다. 어쨌든 나는 그렇게 판단했다. 하지만 그건 내가 얼마
나 무지한지 보여줄 뿐이었다.

나는 숫돌에 코를 들이박고 있었다.* 매일 아침 일찍 일어나 출
근해서 온종일 열심히 일했다. 집에 오면 커다란 의자에 풍덩 주
저앉아 그냥 거기 죽치고 있었다. 너무 피곤해서 구두끈을 풀려
고 움직이는 데도 시간이 좀 걸렸다. 풀고 난 뒤에도 계속 거기

---

* 계속 죽어라 일했다는 뜻.

앉아 있었다. 너무 피곤해서 일어나 텔레비전을 켤 수도 없었다.

동생의 곤경은 안타까웠다. 하지만 나도 나 나름으로 곤경에 빠져 있었다. 어머니 외에도 나는 다른 몇 명에게 돈을 주고 있었다. 매달 돈을 보내는 전 아내가 있었다. 그것도 해야 하는 일이었다. 하고 싶지 않았지만 법원에서 해야 한다고 말했다. 벨링햄에는 자식이 둘인 딸이 있었고 그 아이한테도 매달 얼마를 보내야 했다. 그애 자식들도 먹어야 했다, 안 그런가? 그 아이는 일을 찾으려고 하지도 않는 돼지, 누가 일을 주어도 계속 잡고 있지를 못하는 자와 살고 있었다. 한 번인가 두 번 정말로 괜찮은 일을 찾기는 했으나 늦잠을 자거나 출근하러 가는 길에 차가 고장나거나 그냥 아무런 설명 없이 그만둬버리고 그것으로 끝이었다.

전에, 오래전에, 이런 문제에 관해 사나이처럼 생각하던 때에 나는 그 자식을 죽여버리겠다고 협박했다. 그러나 아무 소용 없었다. 게다가 나는 그 시절에 술을 마시고 있었다. 어쨌든 그 새끼는 여전히 붙어 있다.

딸은 이 편지들을 보내 자기들이, 자기하고 애들이 오트밀을 먹고 산다고 말하곤 했다. (짐작건대 그 자식도 굶고 있었겠지만 딸은 나에게 보내는 편지에서 그 자식 이름을 언급할 만큼 어리석지는 않았다.) 딸은 내가 여름까지만 자기를 버티게 해주면 상황이 나아질 거라고 말하곤 했다. 여름에는 상황이 바뀔 거다,

틀림없다. 다른 모든 일이 풀리지 않으면—하지만 아이는 풀릴 거라 믿었고 실제로 불에 쇠 몇 개를 넣어두고* 있었다—언제라도 자신이 사는 곳에서 멀지 않은 생선 통조림 공장에서 일을 얻을 수 있다. 고무장화와 고무옷과 장갑 차림으로 통에 연어를 담을 거다. 아니면 국경에서 차에 탄 채 줄을 서서 캐나다로 들어갈 차례를 기다리고 있는 사람들에게 길가 자동판매기에 있는 루트비어를 팔 수도 있다. 한여름에 차에 앉아 있는 사람들은 목이 마를 거다. 안 그런가? 차가운 음료를 달라고 아우성을 칠 거다. 어쨌든, 이거든 저거든, 어느 쪽 일로 결정을 하든, 여름에는 괜찮아질 거다. 그때까지만 버티면 되는 거고, 여기가 내가 나서줄 부분이다.

딸은 인생을 바꿔야 한다는 걸 안다고 말했다. 다른 사람들처럼 자기 두 발로 서고 싶다. 자신을 피해자로 보는 걸 그만두고 싶다. "나는 피해자가 아니야." 아이는 어느 날 밤 전화로 나에게 말했다. "나는 자식 둘이 있고 또 함께 사는 부랑자 개자식이 있는 젊은 여자일 뿐이야. 다른 많은 여자와 다를 게 없어. 나는 힘든 일을 두려워하지 않아. 그냥 기회만 줘. 그게 내가 세상에 부탁하는 거야." 아이는 혼자라면 그냥 견딜 수 있다고 말했다.

---

* 일을 벌이고 있다는 뜻.

하지만 돌파구가 생길 때까지, 기회가 문을 두드릴 때까지 딸이 걱정하는 건 자식들이었다. 자식들은 늘 딸에게 할아버지가 언제 오느냐고 묻는다. 딸은 말했다. 바로 지금 이 순간에도 그 아이들은 내가 일 년 전 찾아갔을 때 묵었던 모텔의 그네와 수영장 그림을 그리고 있다. 하지만 여름이 핵심이다. 딸은 말했다. 여름까지만 버틸 수 있으면 문제는 다 해결될 거다. 그때는 상황이 바뀐다―그럴 거라는 걸 알고 있다. 그리고 내가 조금만 도와주면 버틸 수 있다. "아빠가 없으면 어떻게 할지 모르겠어, 아빠." 그게 딸이 한 말이다. 심장이 부서지는 줄 알았다. 물론 나는 딸을 도와야 했다. 아이를 도와줄 능력이 반이라도 있는 게 다행이었다. 나에게는 일자리가 있다. 그렇지 않은가? 딸이나 내 가족의 다른 모두와 비교하면 나는 버텨낸 셈이다. 나머지 가족과 비교할 때 나는 잘살아왔다.

　나는 딸이 부탁하는 돈을 보냈다. 부탁할 때마다 보냈다. 그러다 매달 초에 일정액의 돈, 목돈은 아니라도 어쨌든 돈을 보내는 게 더 간단할 거라는 생각이 든다고 말했다. 그건 딸이 의지할 수 있는 돈이 될 거고, 다른 누구의 것도 아닌 딸의 돈이 될 거다―딸의 돈이자 아이들의 돈. 어쨌든 그게 내가 바란 거였다. 딸과 함께 사는 새끼가 내 돈으로 사는 오렌지나 빵 한 조각도 입에 넣지 못한다는 걸 확인할 방법이 있었으면 했다. 그러나 그런 건 없었다. 그냥 그대로 돈을 보내고 그 자식이 내 달걀과 비스킷이 담긴 접시에 곧바로 입을 들이대든 말든 걱정하지 말아야 했다.

어머니와 딸과 전 아내. 그게 내가 돈을 주어야 할 명단에 딱 들어가 있는 세 사람이었으며, 이건 동생은 치지 않은 것이다. 그런데 아들도 돈이 필요했다. 아들은 고등학교를 졸업한 뒤 짐을 싸서 자기 어머니 집을 떠나 동부의 한 대학에 갔다. 하고많은 곳 가운데 뉴햄프셔에 있는 대학. 뉴햄프셔를 누가 들어나 봤겠는가? 하지만 아들은 가족 중에, 양가에서 대학에 가고 싶다고 한 첫번째 아이였기 때문에 모두 그게 좋은 계획이라고 생각했다. 나도 처음에는 그렇게 생각했다. 그게 결국 내 팔다리를 대가로 요구할 줄 누가 알았겠는가? 아들은 대학에 계속 다니기 위해 여러 은행에서 돈을 빌렸다. 일을 하면서 동시에 학교에 다니는 것은 원치 않았다. 그게 아들이 한 말이었다. 그래, 나는 그걸 이해할 수 있을 것 같다. 어떤 면에서는 심지어 공감할 수도 있다. 누가 일을 하고 싶어하겠는가? 나는 아니다. 하지만 아들이 빌릴 수 있는 모든 돈, 눈에 보이는 모든 돈을 빌린 뒤에는, 독일에서 이학년을 다니기에 충분한 비용까지 빌린 뒤에는, 그뒤에는 내가 돈을, 그것도 많은 돈을 보낼 수밖에 없었다. 그러다 마침내 더는 보낼 수 없다고 하자 아들은 답장을 보내 만일 그렇다면, 정말로 내가 그렇게 느낀다면 자신은 마약을 팔거나 은행을 털 거라고, 살아갈 돈을 구하기 위해 무슨 일이든 해야 할 거라고 말했다. 그러다 총에 맞거나 감옥에 가지 않으면 나는 운이 좋은 거다.

나는 답장을 하여 마음이 바뀌었고 사실 조금 더 보낼 수 있다고 말했다. 달리 어쩔 수 있었겠는가? 내 두 손에 아들의 피를 묻히고 싶지는 않았다. 아들이 감옥에 끌려가는 것이나 그보다 심한 어떤 일은 생각하고 싶지 않았다. 그렇지 않아도 내 양심은 많은 짐을 지고 있었다.

그럼 네 명이다, 그렇잖나? 아직 정식으로 명단에 들어오지 않은 동생은 치지 않고. 나는 그것 때문에 미쳐갔다. 밤낮으로 걱정했다. 그것 때문에 잠이 오지 않았다. 매달 거의 내가 가지고 들어오는 만큼 내주어야 했다. 천재가 아니고 경제학을 전혀 모른다 해도 이런 상황이 계속될 수 없다는 건 이해할 수 있다. 나는 내 상황을 감당하기 위해 대출을 받아야 했다. 그것이 또 매달 나가야 할 돈이 되었다.

그래서 나는 지출을 줄이기 시작했다. 예를 들어 외식을 중단해야 했다. 나는 혼자 살았기 때문에 밖에서 먹는 것은 내가 꼭 하고 싶은 일이었으나 과거의 일이 되고 말았다. 영화를 보러 갈까 하는 생각이 들 때도 조심해야 했다. 옷을 살 수도 치과에 갈 수도 없었다. 차는 망가지고 있었다. 새 신발도 필요했지만 포기했다.

가끔 그게 다 신물이 나 그들 모두에게 편지를 써서 성을 갈겠다고 을러대면서 일을 그만두겠다고 말했다. 오스트레일리아로 이주할 계획이라고 말하곤 했다. 핵심은 내가 오스트레일리아에 관해서 하는 말이 진심이었다는 것이다, 오스트레일리아에 관해서는 아는 게 하나도 없지만. 그저 세상 반대편에 있다는 것만 알 뿐이었는데, 바로 그곳이 내가 있고 싶은 곳이었다.

하지만 진짜 핵심은 그들 누구도 사실 내가 오스트레일리아에 갈 거라고 믿지 않았다는 것이다. 그들은 나를 꽉 쥐고 있었고 또 그것을 알았다. 내가 필사적이라는 것을 알았고 그것을 안타까워했으며 그렇다고 말했다. 하지만 매달 첫날 내가 앉아서 수표를 써야 할 때가 오면 그 모든 것은 지난 일이 되어 있을 것이라고 믿었다.

내가 오스트레일리아로 이주한다는 이야기를 편지로 한 번 하자 어머니는 답장을 보내 이제는 짐이 되고 싶지 않다고 말했다. 다리의 부기만 빠지면, 어머니는 말했다, 그 즉시 일을 찾아 나서겠다. 나이가 일흔다섯이지만 어쩌면 웨이트리스 일로 돌아갈 수 있을지도 모른다고 했다. 나는 답장을 보내 어리석은 짓 하지 말라고 말했다. 어머니를 도울 수 있어 기쁘다고 말했다. 실제로 그랬다. 나는 도울 수 있어 기뻤다. 그저 복권이 당첨될 필요가 있을 뿐이었다.

딸은 오스트레일리아가 내가 모두에게 이제 할 만큼 했다고 말하는 수단에 불과하다는 것을 알았다. 나에게 휴식과 기운을 북돋울 뭔가가 필요하다는 걸 알았다. 그래서 계절이 바뀌면 아이들을 누군가에게 맡기고 통조림 공장 일을 하러 가겠다고 썼다. 하루 열두 시간에서 열네 시간, 일주일에 이레 일을 할 수 있을 거다, 문제없다. 그냥 스스로에게 할 수 있다고 말하고 마음의 준비를 하기만 하면 몸이 말을 들을 거다. 적당한 보모만 찾으면 된다. 하지만 그건 쉽지 않다. 특별한 보모가 필요하다. 애들을 봐야 할 시간이 길고 애초에 애들이 지나치게 흥분하는 쪽이다. 그건 애들이 매일 먹어치우는 팝시클이며 투시롤이며 M&M 같은 것들 때문이다. 하지만 그게 애들이 먹고 싶어하는 거 아닌가? 어쨌든 계속 찾으면 적당한 사람을 찾을 수 있을 거다. 그러나 일하러 가려면 신발과 옷을 사야 하고, 그게 내가 도와줄 수 있는 부분이다.

아들은 이 상황에 자기가 관련되어 있다는 게 미안하며 당장 모든 걸 끝내는 게 자신에게나 나에게나 나을 거라고 생각한다고 편지를 보냈다. 우선 그는 코카인에 알레르기가 있다는 걸 발견했다. 눈물이 흐르고 호흡이 영향을 받는다, 그는 말했다. 이 말은 거래할 약을 시험해봐야 하는데 그럴 수 없다는 뜻이다. 따라서 마약상으로서 그의 경력은 시작하기도 전에 끝났다. 그래, 그는 말했다. 관자놀이에 총알을 박고 바로 이 자리에서 끝내는 게 낫다. 아니면 목을 매달거나. 그게 총을 빌리는 수고를 덜어줄 거다. 그리고 총알값도 아낄 수 있고. 그게 실제로 아들이 편지에서 한 말이다, 믿을 수 있을지 몰라도. 아들은 지난여름 독일에서 해외 교환학생 프로그램에 참여했을 때 누가 찍어준 자기 사진을 동봉했다. 아들은 굵은 가지가 머리 위 몇 피트까지 늘어진 커다란 나무 아래 서 있었다. 사진에서 아들은 웃고 있지 않았다.

전 아내는 그 문제에 관해서 아무런 할말이 없었다. 말할 필요가 없었다. 저멀리 시드니에서 온다 해도 어쨌든 매달 첫날 자기 돈을 받을 것임을 알고 있었으니까. 못 받을 때는 전화로 변호사와 이야기만 하면 그만이었다.

이런 상황이던 5월 초 어느 일요일 오후 동생이 전화를 했다. 나는 창들을 열어놓았고 기분좋은 산들바람이 집을 통과해 갔다. 라디오가 흘러나오고 있었다. 집 뒤 산비탈에는 꽃이 만발했다. 하지만 전화에서 동생 목소리가 들리자 땀이 나기 시작했다. 오백 달러를 둘러싼 분쟁 이후 그에게서 아무런 소식이 없었기 때문에 이제 와서 돈을 더 구하려고 나한테 연락한 거라고 생각할 수는 없었다. 그래도 땀이 흐르기 시작했다. 동생은 형편이 어떠냐고 묻고 나는 매달 돈이 나가는 이야기를 늘어놓기 시작했다. 오트밀이며 코카인이며 통조림 공장이며 자살이며 은행 털이 이야기까지 했고 이제 영화관도 못 가고 외식도 못한다고 말했다. 신발에 구멍이 났다고 말했다. 전 아내에게 계속 나가는 돈 이야기를 했다. 동생은 물론 이 모든 걸 알고 있었다. 내가 말하고 있는 모든 걸 알고 있었다. 그럼에도 동생은 그런 이야기를 듣게 되어 안타깝다고 말했다. 나는 계속 이야기를 늘어놓았다. 동생이 건 전화였으니까. 그러나 그가 말을 하는 동안, 이 전화요금은 어떻게 낼 거냐, 빌리? 하는 생각이 들기 시작했다. 그러다 이 요금을 낼 사람은 나라는 생각이 들었다. 불과 몇 분, 아니 몇 초 사이에 다 결정이 났다.

창밖을 내다보았다. 하늘은 푸르고 흰 구름 몇 개가 걸려 있었다. 새 몇 마리가 전화선에 매달려 있었다. 소매로 얼굴을 닦았다. 달리 할 말을 알지 못했다. 그래서 갑자기 말을 멈추고 그냥 창밖 산을 응시하며 기다렸다. 그때 동생이 말했다. "형한테 이런 부탁하기 정말 싫지만—" 동생이 그 말을 하자 심장이 쿵 내려앉는 그 짓을 했다. 동생은 계속 말을 이어나갔고 부탁했다.

이번에는 천이었다. 천! 그는 지난번에 그 전화를 했을 때보다 형편이 더 나빠졌다. 이번에는 약간 자세하게 이야기했다. 빚쟁이들이 문간에—문간! 그가 말했다—와 있고 그들이 주먹으로 망치질을 하면 창문이 덜거덕거리고 집이 흔들린다. 쾅 쾅 쾅, 그가 말했다. 그들로부터 숨을 곳은 없다. 집이 이제 곧 바닥깔개처럼 그의 발밑에서 당겨져나갈 참이다. "도와줘, 형." 동생이 말했다.

내가 어디에서 천 달러를 구한단 말인가? 나는 수화기를 꽉 쥐고 창에서 고개를 돌리며 말했다. "하지만 너는 지난번에 돈을 빌렸을 때 갚지 않았잖아. 그건 어쩌고?"

"안 갚았다고?" 동생은 놀란 연기를 했다. "갚은 줄 알았는데. 어쨌든 갚고 싶었어. 갚으려고 했어, 맹세코."

"너는 그 돈을 엄마한테 드려야 했어. 하지만 안 드렸어. 내가 평소와 똑같이 매달 계속 엄마한테 돈을 드려야 했지. 그건 끝이 없는 일이야, 빌리. 잘 들어, 나는 일 보 전진하면 이 보 후퇴하고 있어. 무너지고 있어. 너는 완전히 무너지면서 나도 함께 끌어내리고 있어."

"일부는 엄마한테 드렸어. 조금 드리긴 했다고. 분명히 말해두는데, 얼마 드리기는 했어."

"엄마 말이 네가 오십 달러를 줬고 그게 다래."

"아냐. 칠십오를 줬어. 엄마가 다른 때 준 이십오는 잊어버린 거야. 어느 날 오후에 거기 가서 엄마한테 십짜리 두 장하고 오를 드렸다고. 현금을 드렸는데 엄마가 그걸 그냥 잊은 거야. 엄마는 기억이 흐릿해지고 있어. 봐." 그가 말했다. "이번에는 제대로 할 거라고 약속할게, 하느님에게 맹세해. 내가 아직 형한테 빚지고 있는 걸 보태. 그걸 지금 내가 빌리려고 하는 돈에 더해. 그럼 내가 형한테 수표를 쓸게. 서로 수표를 교환하는 거야. 내 수표를 두 달만 그대로 갖고 있어줘, 내가 부탁하는 건 그게 다야. 두 달이면 내가 숲에서 빠져나올 거야. 그럼 형은 형 돈을 갖게 돼. 7월 1일. 약속해, 안 늦어, 이번에는 맹세할 수 있어. 우리는 지금 어마 진이 얼마 전 삼촌한테 물려받은 이 작은 땅을 파는 중이야. 팔린 거나 다름없어. 거래는 끝났어. 이제 두어 가지 사소한 걸 해결하고 서류에 서명하는 일만 남았어. 게다가 일자리도 다 얻어놨어. 확실해. 매일 왕복 오십 마일을 왔다갔다해야하지만 문제없어―젠장, 없고말고. 필요하다면 백오십도 달릴 수 있고 기꺼이 그럴 거야. 난 지금 두 달이면 은행에 돈이 있을 거라고 말하는 거야. 형은 7월 1일이면 돈을 받게 돼, 전부. 믿어도 돼."

"빌리, 너를 사랑해. 하지만 나는 져야 할 짐이 있어. 요즘 아주 무거운 짐을 지고 있어, 혹시 네가 모를까봐 하는 말이지만."

"그래서 내가 이번에는 형이 실망하는 일이 없게 하려는 거야. 내가 명예를 걸고 약속할게. 이건 나를 절대적으로 믿어도 돼. 내 수표를 더도 말고 두 달이면 현금으로 바꿀 수 있을 거라고 약속해. 내가 부탁하는 건 딱 두 달이야. 형, 달리 누구한테 말해야 할지 모르겠어. 형이 내 마지막 희망이야."

물론 나는 그렇게 했다. 놀랍게도 나는 아직 은행에 신용이 좀 있어서 그 돈을 빌렸고 동생에게 보냈다. 우리 수표가 우편으로 오갔다. 동생 수표를 부엌 벽에, 나무 밑에 서 있는 아들 사진과 달력 옆에 압정으로 꽂았다. 그리고 기다렸다.

계속 기다렸다. 동생은 편지를 써서 우리가 합의한 날에 수표를 현금으로 바꾸지 말아달라고 부탁했다. 조금만 더 기다려줘, 가 동생이 한 말이었다. 몇 가지 일이 생겼다. 약속을 받았던 일자리가 마지막 순간에 어그러졌다. 그게 일어난 한 가지 일이었다. 그리고 제수의 땅은 결국 팔리지 않았다. 마지막 순간에 그녀가 마음을 바꾸어 팔지 않았다. 그녀 집안이 몇 세대 동안 소유하고 있던 땅이었다. 동생이 어쩔 수 있겠는가? 그건 그녀의 땅이고, 그녀는 이성에 귀를 기울이지 않으려 하는데, 동생이 말했다.

이 무렵 딸이 전화해서 누가 트레일러에 침입해 도둑질을 해갔다고 말했다. 트레일러 안의 모든 것을. 통조림 공장에서 일한 첫날 밤 퇴근해보니 가구의 작대기 하나까지 사라지고 없었다. 앉을 의자 한 개 남지 않았다. 침대도 훔쳐갔다. 집시처럼 바닥에서 자야 할 판이다, 딸이 말했다.

"그 이름도 기억나지 않는 녀석은 그 일이 일어났을 때 어디 있었어?" 내가 말했다.

사건이 있기 전에 일을 찾으러 나가 집에 없었다고 딸이 말했다. 아마 친구들과 함께 있었을 거라고 추측했다. 사실 딸은 범죄가 벌어진 시간에 그가 어디 있었는지 몰랐고, 그리고 이야기가 나와서 말인데 지금 어디 있는지도 알지 못했다. "강바닥에 가라앉아 있으면 좋겠어." 딸이 말했다. 도둑이 들었을 때 아이들은 보모와 함께 있었다. 하지만 어쨌든 나한테서 중고 가구를 살 정도의 돈만 빌릴 수 있으면, 딸이 말했다, 첫 봉급을 받아 갚겠다. 주말 전에 돈을 좀 받을 수 있으면─전신으로 보내줄 수도 있을 거다─필수품 몇 개는 구할 수 있다. "누가 내 공간을 침해했어. 강간당한 기분이야."

아들이 뉴햄프셔에서 편지를 보내 유럽에 돌아가야만 한다고 말했다. 인생이 어정쩡한 상태에 있다, 아들이 말했다. 여름학기가 끝나면 졸업이지만 그뒤로는 하루도 더 미국에서 사는 걸 견딜 수 없다. 여기는 물질주의 사회이고 이제 더는 그걸 받아들일 수가 없다. 여기 미합중국에서 사람들은 어떤 식으로든 돈이 등장하지 않으면 대화를 계속할 수가 없는데 그게 신물이 난다. 그는 여피가 아니고 여피족이 되고 싶지도 않다. 그건 그의 것이 아니다. 독일 가는 표를 사는 데 필요한 돈만 빌릴 수 있으면, 아들은 말했다. 더는 나를 귀찮게 하지 않겠다. 이번이 마지막이다.

전 아내에게서는 아무런 이야기가 들리지 않았다. 그럴 필요가 없었다. 우리 둘 사이의 일이 어떻게 돌아가는지 둘 다 잘 알고 있었기 때문이다.

어머니는 탄성 스타킹 없이 지내야 하고 머리 염색을 하지 못한다고 편지를 보냈다. 어머니는 올해는 앞으로 힘들 때를 대비해 돈을 좀 비축할 수 있을 거라고 생각했는데 그렇게 되지 않았다. 그건 자신의 패에 들어 있지 않다는 걸 알 수 있었다. "너는 어떠니?" 어머니는 알고 싶어했다. "다른 사람은 다 어때? 네가 괜찮기를 바란다."

우편으로 수표를 더 보냈다. 그런 다음 숨을 멈추고 기다렸다.

기다리는 동안 어느 날 밤 이 꿈을 꾸었다. 사실은 꿈 두 개. 둘 다 같은 날 밤에 꾸었다. 첫 꿈에서는 아빠가 다시 살아 있어 어깨에 목말을 태워주었다. 나는 꼬마였다, 아마 대여섯 살. 이리 올라와, 아빠가 말하고 두 손을 잡아 나를 어깨에 훌쩍 올렸다. 바닥에서 높이 올라가 있었지만 무섭지 않았다. 아빠가 나를 붙들고 있었다. 우리는 서로를 붙들고 있었다. 이윽고 아빠는 보도를 따라 움직이기 시작했다. 나는 두 손을 아빠 어깨에서 들어올려 아빠 이마를 감쌌다. 내 머리 헝클어뜨리지 마, 아빠가 말했다. 손 놔도 돼, 내가 잡고 있으니까. 안 떨어져. 아빠가 그 말을 하자 내 발목을 꽉 잡고 있는 강한 두 손을 의식하게 되었다. 그래서 손을 놓았다. 나는 자유로워져 두 팔을 양옆으로 펼쳤다. 균형을 잡으려고 계속 그렇게 바깥으로 펼치고 있었다. 아빠는 계속 걸었고 나는 어깨에 올라타고 있었다. 나는 아빠가 코끼리라고 생각했다. 우리가 어디로 가고 있었는지는 모르겠다. 어쩌면 가게에 가고 있었고, 아니면 아빠가 나를 그네에 태워주러 공원에 가고 있었을 것이다.

그때 잠이 깼고, 침대에서 나와 화장실로 갔다. 밖은 밝아오고 있었고 불과 한 시간 정도 뒤에는 일어나야 했다. 커피를 만들고 옷을 입을까 생각했다. 그러나 다시 침대로 가기로 했다. 하지만 잘 계획은 아니었다. 그냥 목덜미에 깍지를 끼고 누워 잠시 밖이 밝아오는 것을 지켜보면서 어쩌면 아빠 생각을 좀 할 수도 있겠다고 생각했다. 오랫동안 아빠 생각을 하지 않았기 때문이다. 잘 때든 깨어 있을 때든 아빠는 이제 내 삶의 일부가 아니었다. 어쨌든 나는 다시 침대로 들어갔다. 하지만 다시 잠이 드는 데는 일 분도 걸리지 않았을 것이고, 그렇게 잠이 들었을 때 이 다른 꿈으로 들어갔다. 그 꿈에는 전 아내가 나왔는데 꿈에서는 전 아내가 아니었다. 여전히 내 아내였다. 아이들도 나왔다. 아이들은 어렸고 감자칩을 먹고 있었다. 꿈에서, 나는 감자칩냄새가 나고 그것을 먹는 소리가 들린다고 생각했다. 우리는 담요 위에 있었고 어떤 물 가까운 곳에 있었다. 꿈에는 만족과 행복의 느낌이 있었다. 그러다 갑자기 나는 어떤 다른 사람들—내가 모르는 사람들—과 함께 있게 되었고 그다음에 일어난 일은 내가 아들 차의 창을 걸어차 깨면서 아들을 죽이겠다고 위협하는 것이었는데, 오래전 실제로 그런 적이 있었다. 내 신발이 유리를 박살내고 들어갈 때 아들은 차 안에 있었다. 그때 눈을 번쩍 떴고 잠을 깼다. 자명종이 울리고 있었다. 손을 뻗어 스위치를 누르고 잠시 더 누워 있었다. 심장이 달음박질치고 있었다. 두번째 꿈에서 어떤 사람이 나에게 위스키를 내밀었고 나는 그것을 마셨다. 내가 겁에 질린 것은 그 위스키를 마셨기 때문이었다. 그것은 일어날 수 있는 최악의 일이었다. 그것이 바닥이었다. 그와 비교하면 다른 모든 것은 소풍이었다. 마음을 진정시키려고 잠시 더 누워 있었다. 그러다 일어났다.

커피를 만들고 창 앞의 부엌 식탁에 앉았다. 컵을 이리저리 밀어 식탁에 작은 원을 그리면서 다시 오스트레일리아를 진지하게 생각하기 시작했다. 그러다 갑자기, 가족에게 오스트레일리아로 이주하겠다고 을러댔을 때 그 말이 어떻게 들렸을지 상상이 되었다. 처음에는 충격을 받고, 심지어 약간 겁을 먹었을 것이다. 그러다, 나를 알기 때문에, 아마 웃음을 터뜨리기 시작했을 것이다. 그들이 웃는 걸 생각하자 이제 나도 웃을 수밖에 없었다. 하, 하, 하. 마치 어딘가에서 웃는 방법을 읽기라도 한 것처럼 나는 거기 식탁에서 딱 그런 소리를 냈다―하, 하, 하.

그런데 나는 오스트레일리아에서 뭘 할 계획이었을까? 진실은 팀북투에도 달에도 북극에도 가지 않을 것이듯 오스트레일리아에도 가지 않을 거라는 사실이었다. 젠장, 오스트레일리아에는 가고 싶지 않았다. 하지만 일단 이것을 이해하고 나자, 내가 거기에, 또는 말이 나온 김에 이야기하자면 다른 어디에도 가지 않을 것임을 이해하고 나자 기분이 나아지기 시작했다. 새 담배에 불을 붙이고 커피를 더 따랐다. 커피에 넣을 우유가 없었지만 상관하지 않았다. 하루쯤 커피에 우유 넣는 것을 건너뛸 수 있고 그래도 죽지 않는다. 곧 점심을 싸고 보온병을 채우고 병을 도시락통에 넣었다. 그런 뒤에 밖으로 나섰다.

맑은 아침이었다. 해는 타운 뒤편 산 위에 있고 새떼가 골짜기 한 곳에서 다른 곳으로 이동하고 있었다. 굳이 문은 잠그지 않았다. 딸에게 일어난 일이 떠올랐지만 어차피 훔쳐갈 만한 건 없다고 판단했다. 집안에는 없다고 해서 살지 못할 물건은 없었다. 텔레비전이 있었지만 그걸 보는 데 신물이 났다. 누가 침입해서 그걸 내 손에서 빼앗아가준다면 나에게 은혜를 베푸는 게 될 거였다.

모든 것을 고려할 때 기분이 아주 좋았고, 그래서 걸어서 출근하기로 했다. 그렇게 멀지도 않았고 시간 여유도 있었다. 물론 기름도 좀 절약하게 되지만 그게 주요 고려 사항은 아니었다. 사실 여름이었고 오래지 않아 여름은 끝날 거였다. 전에 여름은, 나는 생각하지 않을 수 없었다, 모두의 운이 바뀌어가는 때였다.

나는 길을 따라 걷기 시작했고, 그때 어떤 이유에서인지 아들 생각을 하기 시작했다. 어디 있든 잘 있기를 바랐다. 지금 원한 대로 독일에 돌아가 있는 거라면—그랬어야 했다—행복하기를 바랐다. 아직 편지로 주소를 알려주지 않았지만 오래지 않아 소식이 들릴 게 틀림없었다. 그리고 내 딸, 하느님이 그 아이를 사랑하고 지켜주시기를. 나는 그애가 잘해나가기를 바랐다. 그날 저녁 편지를 써서 응원하고 있다고 말해주기로 했다. 어머니는 살아 있었고 대체로 건강이 좋았으니 나는 그 점에서도 운이 좋다고 느꼈다. 모든 게 잘 풀린다면 어머니는 몇 년 더 이 세상에 있을 것이었다.

새들이 울고 있었고 차 몇 대가 간선도로에서 나를 지나쳐 갔다. 너한테도 행운을 빌어, 동생, 나는 생각했다. 네 배가 들어오기를 바라. 돈이 생기면 갚아. 그리고 전 아내, 내가 그렇게도 사랑했던 여자. 그녀는 살아 있고, 그녀는 또 건강하다—어쨌든 내가 아는 한. 나는 그녀의 행복을 빌었다. 모든 것을 고려해볼 때 상황은 이보다 훨씬 나빴을 수도 있다고 판단했다. 물론 지금의 형편은 모두 좋지 않았다. 그러나 그들에게 운이 따르지 않은 것뿐이다. 상황은 곧 바뀔 수밖에 없다. 아마 가을이면 다시 좋아질 거다. 기대할 게 많다.

나는 계속 걸었다. 그러다 휘파람을 불기 시작했다. 원한다면 휘파람을 불 권리 정도는 있다고 느꼈다. 걸으면서 두 팔이 크게 흔들리도록 내버려두었다. 하지만 도시락통 때문에 균형이 계속 어그러졌다. 그 안에는 보온병과 더불어 샌드위치며 사과며 쿠키 몇 개가 있었다. 스미티스 앞에서 발을 멈추었다. 주차장에 자갈이 깔리고 창에 판자가 덮인 오래된 카페였다. 이곳은 내가 기억할 수 있는 한 늘 판자로 덮여 있었다. 도시락통은 잠시 내려놓기로 했다. 그렇게 하고 두 팔을 들어올렸다—어깨 높이로 들어올렸다. 그런 식으로 바보처럼 서 있을 때 누가 경적을 울리더니 간선도로에서 주차장으로 들어섰다. 나는 도시락통을 집어들고 차로 다가갔다. 직장에서 알게 된 사람으로 이름이 조지였다. 그가 팔을 뻗어 조수석 문을 열었다. "어이, 타게, 친구." 그가 말했다.

"안녕, 조지." 차에 타고 문을 닫자 차가 빠르게 출발하며 타이어 밑의 자갈을 튀겼다.

"자네를 봤지." 조지가 말했다. "그래, 그랬어, 자네를 봤어. 무슨 훈련을 하고 있더구먼, 뭔지는 몰라도." 그는 나를 보더니 다시 도로를 보았다. 빠르게 달리고 있었다. "늘 그렇게 두 팔을 펼치고 길을 걸어?" 그는 웃음을 터뜨리고—하, 하, 하—가속페달을 밟았다.

"가끔. 때에 따라 다른 것 같아. 사실 나는 서 있었어." 나는 담배에 불을 붙이고 좌석에 등을 기댔다.

"그래 뭐 새로운 소식은 있고?" 조지가 말했다. 그는 입에 시가를 물었으나 불을 붙이지는 않았다.

"새로운 건 없어. 자네는 새로운 소식 있나?"

조지가 어깨를 으쓱했다. 그러더니 싱글거렸다. 이제 아주 빠르게 달리고 있었다. 바람이 차를 뒤흔들더니 창밖에서 휘파람을 불며 지나갔다. 그는 지각한 사람처럼 차를 몰고 있었다. 하지만 우리는 지각이 아니었다. 시간 여유가 있었고, 그렇다고 그에게 말했다.

그럼에도 그는 계속 속도를 올렸다. 갈림길을 지나쳐 계속 달렸다. 그때쯤 우리는 똑바로 산을 향해 이동하고 있었다. 그는 입에서 시가를 빼내 셔츠 호주머니에 넣었다. "돈을 좀 빌려서 이 아기를 정비해줬지." 그가 말했다. 그러더니 내가 한번 보기를 바란다고 말했다. 그는 가속페달을 밟더니 발에 온 힘을 주었다. 나는 안전띠를 매고 견디었다.

"달려." 내가 말했다. "뭘 기다려, 조지?" 그 순간 우리는 날아갔다. 바람이 창밖에서 으르렁거렸다. 페달은 바닥에 닿았고 우리는 죽자 사자 달려갔다. 우리는 아직 돈도 치르지 않은 그의 큰 차를 타고 그 길을 쏜살같이 달려갔다.

블랙버드 파이

어느 날 밤 방에 있는데 복도에서 무슨 소리가 들렸다. 하던 일에서 고개를 들어보니 봉투 하나가 문 밑으로 미끄러져들어오고 있었다. 두툼했지만 문 밑으로 밀어넣지 못할 정도로 두툼하지는 않았다. 봉투에는 내 이름이 적혀 있고 안에 든 것은 아내에게서 온 편지라고 주장되고 있었다. 내가 "주장되고"라는 말을 쓴 것은 거기 적힌 불만은 친밀하게 매일매일 나를 관찰하면서 이십삼 년을 보낸 사람에게서 나온 것일 수밖에 없지만 비난하는 방식이 언어도단이고 아내의 성격과는 전혀 맞지 않았기 때문이다. 그러나 가장 중요한 것은 필체가 아내의 것이 아니라는 점이었다. 하지만 아내의 필체가 아니면 누구 것일까?

지금 그 편지가 손에 있어 쉼표 하나까지, 몰인정한 느낌표까지 여기에 그대로 베껴놓을 수 있었으면 하는 마음이다. 내가 지금 말하고 있는 것은 단지 내용만이 아니라 말투다. 하지만 이렇게 말하게 되어 안타까운데, 지금은 갖고 있지 않다. 잃어버렸거나 어디 두었는지 잊었다. 나중에, 이제 곧 이야기해줄 안타까운 일이 있고 난 뒤 책상을 치우다가 무심코 버렸을지도 모른다— 하지만 그건 나답지 않은 것이, 나는 보통 어떤 것도 버리지 않기 때문이다.

어쨌든 나는 기억력이 좋다. 내가 읽은 모든 글을 기억할 수 있다. 학교 다닐 때는 이름과 날짜, 또 발명, 전투, 조약, 동맹 등을 외우는 능력 덕분에 상을 탈 만큼 기억력이 뛰어났다. 사실을 다루는 시험에서는 늘 최고점을 받았고 훗날 흔히 말하는 "현실 세계"에서도 기억력은 큰 도움이 되었다. 예를 들어 지금 당장 트리엔트공의회나 위트레흐트조약의 자세한 내용을 이야기하라거나, 한니발이 패한 뒤 로마인이 유린한 그 도시 카르타고(카르타고를 다시는 카르타고라고 부를 수 없게 하려고 로마 병사들은 땅을 갈고 소금을 넣었다)에 관해 이야기해보라고 해도 할 수 있다. 칠년전쟁, 삼십년전쟁, 백년전쟁, 또는 간단하게 1차 실레지아전쟁 이야기를 해보라고 해도 아주 자신 있게 열정적으로 한참을 떠들 수 있다. 타르타르인, 르네상스의 교황들, 오토만제국의 흥망에 관해 뭐든 물어보라. 테르모필레, 실로, 맥심 기관

총. 쉽다. 타넨베르크? 블랙버드 파이만큼 간단하다. 왕 앞에 놓인 유명한 블랙버드 스물네 마리.* 아쟁쿠르에서는 영국의 큰 활 덕분에 승리를 거두었다. 또 이런 것도 있다. 갤리선 노예들에게서 동력을 얻는 배로 싸운 마지막 큰 해전인 레판토 전투 이야기는 모두 들어보았을 것이다. 이 싸움은 1571년 지중해 동부에서 벌어졌는데 이때 유럽 기독교 국가들의 연합 해군이 처형자에게 일을 맡기기 전에 포로의 코를 직접 베는 것을 좋아했던 악명 높은 알리 무에진 자데 휘하의 아랍인 무리를 격퇴했다. 그런데 세르반테스가 이 사태에 말려들어 이 전투에서 왼손을 날렸다는 사실을 기억하는 사람이 있는가? 또다른 것. 보로디노에서 프랑스와 러시아의 전사자를 합친 수는 칠만오천 명으로 이것은 사람을 가득 태운 점보제트기가 아침 먹을 때부터 해질 때까지 삼 분마다 추락할 때 나오는 사망자 수와 같다. 쿠투조프는 군대를 모스크바 쪽으로 후퇴시켰다. 나폴레옹은 잠깐 숨을 돌린 뒤 부대를 정비하여 계속 전진했다. 그는 모스크바의 시내에 진입했고 그곳에서 한 달 동안 쿠투조프를 기다렸지만 그는 두 번 다시 얼굴을 보여주지 않았다. 러시아 총사령관은 눈과 얼음을, 나폴레옹이 프랑스로 퇴각을 시작하기를 기다리고 있었다.

---

* 자장가 가사에 블랙버드 스물네 마리를 넣은 파이 이야기가 나온다.

사물은 내 머리에 박힌다. 나는 기억한다. 따라서 내가 그 편지를 다시 쓸 수 있다고 할 때—내가 읽은 부분으로, 나에 대한 비난을 나열하고 있다—나는 있는 그대로를 말하는 것이다.

편지의 일부는 다음과 같다.

디어,

상황이 좋지 않아. 상황이, 사실 나빠. 나쁘다가 더 나빠졌어. 내가 무슨 말을 하는지 알지. 우리는 마지막에 이르렀어. 우리는 끝났어. 그래도 우리가 일찍 이야기를 했으면 좋았을 걸 하고 생각하게 돼.

우리는 이야기를 한 지 너무 오래됐지. 그러니까 진짜로 이야기를 한 지. 우리는 결혼한 뒤에도 계속 이야기를 하면서 소식과 생각을 주고받았어. 애들이 어릴 때, 심지어 좀 자랐을 때도 우리는 여전히 이야기할 시간을 찾아냈어. 물론 그때는 더 힘들었지만 그래도 우리는 해냈어, 시간을 찾아냈어. 우리는 시간을 만들었어. 애들이 잘 때까지 기다리거나, 아니면 밖에서 놀 때, 또는 보모하고 있을 때를 기다려야 했지. 하지만 그렇게 했어. 가끔 우리끼리 이야기를 할 수 있도록 보모를 부르기도 했어. 가끔 밤새도록 이야기했고, 해가 뜰 때까지 이야기했어. 흠. 이런저런 일이 일어나지, 나도 알아. 상황이 바뀌지. 빌은 경찰하고 그런 문제가 있었고, 린다는 자기가 임신한 걸 알았고, 등등. 우리가 함께하는 조용한 시간은 창밖으로 날아갔어. 점차 책임들이 당신을 짓눌렀지. 당신 일은 점점 중요해졌고 우리가 함께하는 시간은 쥐어짜내야만 했어. 그러다 애들이 집을 떠나면서 우리가 이야기할 시간이 돌아왔지. 우리는 다시 서로를 갖게 됐어. 다만 할 이야기가 점점 줄었지. "다 그래." 어떤 지혜로운 사람이 말하는 소리가 들리네. 그 사람 말이 맞아. 다 그래. 하지만 우리가 그러다니. 어쨌든 탓하진 않아. 탓하진 않는다고. 이 편지는 그런 얘기가 아니야. 나는 우리 얘기를 하고 싶어. 지금을 이야기하고 싶어. 보다시피 불가능한 일이 일어났다는 걸 인정할 때가 왔어. 졌다고 외칠 때가. 못하겠다고 말할 때가. 또─

여기까지 읽고 멈추었다. 뭔가 잘못되었다. 덴마크에서 생선 냄새가 났다.* 편지에 표현된 정서는 아내의 것일 수도 있었다. (어쩌면 그럴 것이다. 그렇다 해두자, 표현된 정서들이 실제로 그녀의 것이라고 인정한다 치자.) 하지만 필체는 그녀의 필체가 아니었다. 나는 이 점을 알 수밖에 없다. 나는 나 자신이 그녀의

* 뭔가 수상쩍다는 뜻.

필체라는 이 문제에서는 전문가라고 생각한다. 하지만 그게 그녀의 필체가 아니라면 도대체 누가 이 글을 썼단 말인가?

이 대목에서 우리와 우리의 삶에 관해 이야기를 좀 해야겠다. 내가 쓰고 있는 이 시기에 우리는 여름 동안 얻은 집에 살고 있었다. 나는 그해 봄 내가 이루고 싶었던 것 대부분을 방해한 병에서 회복되고 있었다. 집은 삼면이 초원, 자작나무, 낮게 굽이치는 언덕 몇 개로 둘러싸여 있었다—부동산업자는 전화로 우리에게 그곳을 묘사하면서 "영토 같은 풍경"이라고 말했다. 집 앞에는 내가 관심을 기울이지 않았기 때문에 무성해진 잔디밭, 또 도로로 통하는 자갈 깔린 긴 진입로가 있었다. 도로 뒤로 멀리 산꼭대기들이 보였다. 그래서 "영토 같은 풍경"이라는 말이 나왔다—오직 멀리서만 감상할 수 있는 경치와 관련이 있는 말이었다.

아내는 여기 시골에 친구가 전혀 없고 찾아오는 사람도 없었다. 솔직히 나는 이런 고독이 반가웠다. 하지만 그녀는 친구를 사귀고, 상점 주인이나 장사하는 사람들을 상대하던 여자였다. 그러다 여기 나오니 딱 우리 둘이서, 우리 자원을 갖고 살아갈 수밖에 없었다. 한때는 시골집이 우리의 이상이었을 수도 있다—그렇게 되기를 갈망하기도 했을 것이다. 하지만 이제는 그게 그렇게 좋은 생각이 아니었음을 알 수 있다. 그래, 좋은 생각이 아니었다.

우리 아이들은 둘 다 오래전에 집을 떠났다. 가끔 둘 가운데 하나가 편지를 보냈다. 파란 달이 뜰 때면*, 가령 명절이면, 둘 가운데 하나가 전화를 하기도 했다―당연히 수신자 부담 전화였지만 아내는 너무 좋아서 기꺼이 요금을 부담했다. 이렇게 두 아이가 무심해 보이는 것이, 내가 보기에는, 아내의 슬픔과 전반적 불만의 주요 원인이었다. 나는 이 불만을, 인정할 수밖에 없지만, 시골로 오기 전에는 어렴풋이 알았을 뿐이다. 어쨌든 그렇게 오랜 세월을 쇼핑몰과 버스 정류장이 가까이 있고 택시가 복도의 전화보다 멀리 떨어지지 않은 곳에서 살다가 시골에 있게 되었으니 아내는 틀림없이 힘들었을 것이다, 아주 힘들었을 것이다. 내 생각에 그녀의 쇠퇴는, 역사가라면 그런 표현을 썼을지도 모르겠는데, 우리가 시골로 이사오면서 가속이 붙었다. 내 생각에 그녀는 그후로 기어가 맞물리지 않았다. 물론 지나고 나서 하는 이야기고, 이런 이야기는 늘 뻔한 것을 확인하는 경향이 있다.

이 필체 문제에 관해서는 달리 무슨 말을 해야 할지 모르겠다. 내가 이 문제를 더 이야기해도 신뢰를 잃지 않을 수 있을지 모르겠다. 우리는 단둘이 그 집에 있었다. 그 집에는 달리 아무도 없

---

* 아주 드물다는 뜻.

었으니—어쨌든 내가 알기로는—그 편지를 쓸 다른 사람도 없었다. 그럼에도 나는 오늘날까지 그 편지들을 덮고 있는 필체가 그녀의 것이 아니라고 확신하고 있다. 사실 나는 그녀가 내 아내가 되기 전부터 그녀의 필체를 보아왔다. 우리의 선사시대라고 부를 수도 있는 먼 옛날, 그녀가 회색과 흰색이 섞인 교복을 입고 멀리 떨어진 학교에 다니던 어린 소녀였을 때부터. 그녀는 떨어져 있을 때 매일 나에게 편지를 썼는데, 명절이나 여름방학을 빼고 이 년을 멀리 있었다. 우리의 긴 관계에 걸쳐 다 합쳐서 내 짐작으로는(그것도 줄잡아서), 우리의 별거와 내가 출장을 가거나 입원하는 등의 짧은 기간도 포함하여—내 짐작으로는, 어디보자, 그녀에게서 천칠백, 아니 어쩌면 천팔백쉰 통쯤 손으로 쓴 편지를 받았다. 일상적인 메모("집에 오는 길에 드라이클리닝 좀 찾아와, 코티 브로스에서 시금치 파스타하고") 수백, 어쩌면 수천 통은 빼고도. 나는 세상 어디에서도 그녀의 필체를 알아볼 수 있다. 몇 단어만 달라. 내가 야파에 있든 마라케시에 있든 장터에서 메모를 집어들었을 때 그게 아내의 필체라면 알아볼 수 있을 거라고 자신한다. 심지어 한 단어라도. 예를 들어 "말했다"는 이 단어를 예로 들어보자. 그건 아내가 "말했다"를 쓰는 방식이 절대 아니다! 하지만 그게 아내 것이 아니라면 누구 필체인지 모르겠다는 것은 누구보다 먼저 인정하겠다.

둘째로 아내는 절대 강조하려고 단어에 밑줄을 긋지 않았다. 절대. 아내가 그랬던 예를 단 하나도 기억하지 못하겠다—우리 결혼생활 전체에 걸쳐 단 한 번도, 결혼하기 전에 받은 편지는 말할 것도 없고. 그게 누구에게나 일어날 수 있는 일이라고 지적하는 건, 내 생각에, 충분히 합리적이다. 그러니까 누구나 어쩌다 전혀 일반적이지 않은 상황에 부닥칠 수 있고, 그 순간의 압박 때문에 전혀 자기답지 않은 일을 하여 한 단어에, 어쩌면 한 문장 전체에 줄을, 그냥 가장 간단한 줄을 그을 수 있다는 거다.

나는 이 이른바 편지라는 것 전체의 모든 말이(비록 전체를 다 읽지 않았고, 이제 찾을 수가 없기 때문에 앞으로도 읽지 않겠지만) 완전히 가짜라고 말할 수도 있을 것 같다. 여기서 가짜가 반드시 "진실이 아니다"라는 의미로 쓴 것은 아니다. 아마 비난에는 어느 정도 진실이 있을 것이다. 트집 잡고 싶지는 않다. 이 문제에서는 쪼잔해 보이고 싶지 않다. 이쪽 부분에서 상황은 이미 나쁠 만큼 나쁘다. 아니. 내가 하고 싶은 말, 내가 하고 싶은 유일한 말은 이 편지에 표현된 감정은 아내의 것일 수 있고, 심지어 어느 정도 사실일 수도 있지만—말하자면 정당할 수도 있지만—나를 향한 비난의 힘은, 완전히 사라지지는 않는다고 해도, 약해지고, 심지어 신빙성도 떨어진다는 것이다. 사실은 그녀가 편지를 쓴 것이 아니기 때문이다. 설사 그녀가 쓴 것이라 해도, 자기 필체로 쓰지 않았다는 사실 때문에 신빙성이 떨어진다! 이런 회피가 가능하기 때문에 사람들이 사실에 굶주리게 되는 것이다. 늘 그렇듯이, 사실이 조금은 있다.

문제가 되는 그날 저녁 우리는 우리의 관습대로 조용히, 그러나 불쾌하지는 않게 저녁을 먹었다. 나는 가끔 고개를 들고 맛있는 식사—데친 연어, 싱싱한 아스파라거스, 아몬드를 넣은 필래프—에 대한 감사를 표현하는 방편으로 식탁 건너편을 향해 웃음을 지었다. 다른 방에서 라디오가 조용한 음악을 내보냈다. 오년 전 샌프란시스코 밴니스의 한 아파트에서 뇌우가 치는 동안 디지털 레코딩으로 처음 들었던 풀랑크의 작은 모음곡이었다.

다 먹고 커피와 디저트도 끝나자 아내는 깜짝 놀랄 이야기를 했다. "오늘 저녁에 당신 방에 있을 계획이야?"

"응. 왜 그러는데?"

"그냥 알고 싶었어." 그녀는 컵을 들더니 커피를 조금 마셨다. 하지만 내가 눈을 맞추려 해도 나를 보는 걸 피하고 있었다.

오늘 저녁에 당신 방에 있을 계획이야? 그런 질문은 전혀 그녀답지 않았다. 지금 나는 그때 내가 왜 도대체 그 점을 추궁하지 않았는지 궁금하다. 다른 사람은 몰라도 그녀만큼은 내 습관을 알고 있다. 나는 그녀가 그때 이미 마음을 정했다고 생각한다. 말을 하면서도 뭔가 감추고 있었다고 생각한다.

"당연히 오늘 저녁에 내 방에 있지." 아마도 약간 짜증을 섞어 되풀이했을 것이다. 그녀는 다른 말은 하지 않았고 나도 마찬가지였다. 나는 커피를 마저 마셔 목구멍을 씻어냈다.

그녀는 눈을 슬쩍 들어올려 내 눈길을 잠시 붙들었다. 이윽고 뭔가에 합의하기라도 한 것처럼 고개를 끄덕였다. (하지만 물론 우리는 합의한 게 없었다.) 그녀는 일어나 식탁을 치우기 시작했다.

저녁이 어쩐지 불만족스러운 분위기로 끝났다는 느낌이었다. 마무리를 잘하고 상황을 다시 바로잡으려면 다른 게―가령 몇 마디 말이―필요했다.

"안개가 밀려오네." 나는 말했다.

"그래? 몰랐네."

그녀는 싱크대 위의 창 하나를 행주로 닦아내고 밖을 보았다. 잠시 아무 말이 없었다. 이윽고 입을 열었다―다시 수수께끼처럼, 어쨌든 지금 내게는 그렇게 느껴진다. "그러네. 그래, 아주 자욱한데. 짙은 안개야, 안 그래?" 그게 다였다. 이내 눈길을 아래로 내리고 설거지를 시작했다.

나는 식탁에 잠시 더 앉아 있다가 말했다. "지금 내 방으로 가야 할 것 같아."

그녀는 물에서 두 손을 빼내 조리대에 얹었다. 내가 하는 일에
격려 한두 마디를 할지 모른다고 생각했지만 하지 않았다. 보지
도 않았다. 혼자 있는 공간을 누릴 수 있도록 내가 부엌을 떠나
주기를 기다리는 것 같았다.

잊지 마라, 편지가 문 밑으로 미끄러져들어왔을 때 나는 일을
하고 있었다. 편지를 어느 정도 읽다가 필체에 의문을 품게 되었
고, 아내가 집안 어딘가에서 바빴던 것으로 아는데 그새 편지를
쓰다니 어찌된 일인가 하는 생각을 했다. 편지를 더 읽어나가기
전에 일어나 문으로 가서 자물쇠를 풀고 복도를 확인해보았다.

집의 이쪽 끝은 어두웠다. 하지만 조심스럽게 고개를 내밀어
보니 복도 끝 거실에서 빛이 보였다. 평소처럼 라디오 소리가 작
게 들렸다. 왜 망설였을까? 안개만 빼면 집안에서 우리가 함께
보낸 다른 날들과 매우 흡사한 밤이었다. 하지만 오늘밤에는 다
른 뭔가가 벌어지는 중이었다. 나는 그 순간 복도를 따라 내려가
모든 게 괜찮은지 확인하는 것을 두려워하고 있었다―내 집에
서 두려워하다니, 믿을 수 있는 일인가! 뭔가 잘못되었다면, 아
내가―뭐라고 해야 하나?―어떤 어려움을 겪고 있다면, 더 진
전되기 전에, 다른 사람 필체로 적힌 그녀의 말을 읽는 이 멍청
한 짓에 시간을 더 낭비하기 전에 그 상황과 대면하는 게 낫지

않았을까?

하지만 확인하지 않았다. 아마 정면공격을 피하고 싶었나보다. 어쨌든 뒤로 물러나 문을 닫아걸고 다시 편지로 돌아갔다. 하지만 이제 이런 어리석고 이해할 수 없는 일로 저녁 시간이 흘러가버리는 것에 화가 났다. 기분이 뒤숭숭해지기 시작했다. (다른 말로는 표현이 되지 않는다.) 아내가 보냈다고 하는 편지를 집어들어 다시 읽기 시작하자 먹은 게 올라오는 느낌이었다.

우리가―우리가, 당신과 내가―모든 패를 테이블에 내놓을 시간은 이미 왔다가 가버렸어. 그대와 나. 랜슬롯과 귀니비어. 아벨라르와 엘로이즈. 트로일러스와 크레시다. 피라무스와 티스베. JAJ*와 노라 바나클 등등. 내가 무슨 말을 하는지 알지, 여보. 우리는 오래 함께해왔어―좋을 때나 나쁠 때나, 병들었을 때나 건강할 때나, 복통이 있을 때도, 눈-귀-코-목이 아플 때도, 잘나갈 때도 못 나갈 때도. 지금은? 자, 지금은 진실을 제외하면 무슨 말을 할 수 있을지 모르겠네. 그러니까 나는 한 걸음도 더 걷지 못하겠다는 거야.

---

* 제임스 조이스를 가리킨다.

이 지점에서 나는 편지를 던지고 다시 문으로 가서 이번에야 말로 이 문제를 완전히 정리하겠다고 마음먹었다. 나는 결산을 원했고, 그것도 당장 원했다. 나는, 내 생각으로는, 격분하고 있었다. 그러나 이 지점에서, 막 문을 여는 순간, 거실에서 낮게 웅얼거리는 소리가 들렸다. 누군가 전화로 무슨 이야기를 하려는 것 같았고 이 누군가는 누가 듣지 않도록 조심하고 있었다. 그러다 수화기를 내려놓는 소리가 들렸다. 딱 그 소리만. 그러더니 모든 게 전과 같아졌다―라디오는 조용한 음악을 내보냈고 그 외에 집은 고요했다. 하지만 나는 그전에 목소리를 들었다.

나는 분노 대신 공황을 느끼기 시작했다. 복도를 내려다보면서 점점 두려워졌다. 모든 게 전과 같았다―거실에는 불이 밝혀져 있었고 라디오는 조용한 음악을 내보냈다. 몇 걸음 앞으로 나아가 귀를 기울여보았다. 그녀가 뜨개질하는, 박자를 맞추어 딱딱거리는 위로가 되는 그 소리, 페이지를 넘기는 소리가 들리지 않을까 기대하고 있었지만 그런 것은 전혀 없었다. 거실 쪽으로 몇 걸음 걷다가―뭐라고 해야 하나?―배짱이 사라졌다, 아니 어쩌면 호기심이 사라졌을 수도 있다. 그 순간 살살 문손잡이를 돌리는 소리가 들렸고, 그뒤에는 틀림없이 문이 조용히 열리고 닫히는 소리가 들렸다.

충동을 따르자면 빨리 복도를 걸어 거실로 들어가서 이 일을 바닥까지 단번에 파헤쳐야 했다. 하지만 충동적으로 행동하다 혹시라도 망신당하는 일은 피하고 싶었다. 나는 충동적이지 않았고, 그래서 기다렸다. 하지만 집안에서 어떤 종류의 활동이 분명히 있었으니—뭔가 진행되고 있었다. 그건 확실했다—유사시 아내의 안전과 행복은 말할 것도 없고, 나 자신의 마음의 평화를 위해서라도 행동하는 것이 물론 나의 의무였다. 하지만 하지 않았다. 할 수 없었다. 행동할 순간이었으나 망설였다. 그러다 갑자기, 어떤 결정적인 행동을 하기에는 너무 늦어버렸다. 그 순간은 왔다가 갔고 다시 부를 수 없었다. 바로 그렇게 다리우스는 그라니코스 전투에서 망설이다 행동하지 못했고, 그래서 하루를 버렸으며, 알렉산드로스대왕은 사방에서 들이닥쳐 그를 완전히 박살내버렸다.

나는 방으로 돌아가 문을 닫았다. 하지만 심장이 달음박질치고 있었다. 나는 의자에 앉아 몸을 떨며 다시 편지를 집어들었다.

하지만 이제 묘한 일이 생겼다. 편지를 처음부터 끝까지 통독하려 하지 않고, 심지어 아까 멈춘 곳에서 이어가려고도 하지 않고, 아무 페이지나 집어들어 테이블 스탠드 밑에 놓고 여기서 한 줄 저기서 한 줄 뽑아 읽었다. 이렇게 나에 대한 비난을 쭉 늘어놓자 고발(그건 고발이었다) 전체가 완전히 다른 성격을 띠었다—시간의 흐름이 사라지고 그와 더불어 타격감도 좀 약해지면서 아까보다는 받아들일 만한 것이 되었다.

그래서. 자. 그런 식으로 페이지에서 페이지로 넘어가면서 여기서 한 줄 저기서 한 줄 다음과 같이 토막토막 읽었다—다른 상황이라면 일종의 초록抄錄 역할을 했을지도 모르겠다.

……점점 더…… 상당히 작은 일로…… 물러났지만…… 텔컴파우더가 욕실에 벽과 벽 밑의 널빤지에까지 뿌려져 있고…… 껍데기…… 정신병원은 말할 것도 없고…… 마침내…… 균형 잡힌 관점…… 무덤. 당신의 "일"…… 제발! 적당히 좀 해…… 아무도, 심지어…… 그 문제에 관해서는 한마디도 더 하지 마!…… 애들…… 하지만 진짜 문제는…… 외로움은 말할 것도 없고…… 예수 H. 그리스도여! 정말이지! 내 말은……

이 지점에서 현관문이 닫히는 소리가 또렷하게 들렸다. 나는 편지를 책상에 내려놓고 서둘러 거실로 갔다. 아내가 집에 없다는 것을 아는 데는 오래 걸리지 않았다. (집은 작다—방 둘, 그 가운데 하나를 우리는 내 방, 또는 경우에 따라 내 서재라고 부른다.) 하지만 기록에 남긴다. 집안의 모든 불이 밝혀져 있었다.

창밖에는 묵직한 안개가 깔려 있었다. 너무 짙어서 진입로도 보이지 않는 안개. 포치 불이 밝혀져 있고 바깥의 포치에 여행가방이 있었다. 아내의 여행가방이었다. 우리가 이곳으로 올 때 그녀의 물건을 꽉 채워 들고 왔던 가방. 도대체 무슨 일이 벌어지고 있는 건가? 나는 문을 열었다. 갑자기―이걸 실제 있었던 그대로 말하는 것 외에 다른 식으로 말할 방법을 모르겠다―말 한 마리가 안개에서 걸어나오더니, 바로 이어서, 내가 멍하니 지켜보는 가운데, 또 한 마리가 나왔다. 이 말들은 우리 앞마당에서 풀을 뜯고 있었다. 아내가 한 마리 옆에 있는 게 보여 그녀의 이름을 불렀다.

"이리 나와봐." 그녀가 말했다. "이걸 봐. 이거 끝내주지 않아?"

그녀는 큰 말 옆에 서서 옆구리를 토닥이고 있었다. 제일 좋은 옷에 힐을 신고 모자를 쓰고 있었다. (삼 년 전 그녀의 어머니 장례식 이후 그녀가 모자를 쓴 건 처음 보았다.) 이윽고 그녀가 앞으로 움직이더니 말갈기에 얼굴을 갖다댔다.

"어디서 왔니, 큰 아기야?" 그녀가 말했다. "어디서 온 거야, 착한 아이야?" 그러더니, 내가 지켜보는 가운데, 그녀는 말갈기에 얼굴을 묻고 울기 시작했다.

"자, 자." 나는 말하며 계단을 내려가기 시작했다. 다가가 말을 토닥이고 아내의 어깨를 어루만졌다. 그녀는 뒤로 물러섰다. 말이 콧소리를 내며 잠시 고개를 들었다가 다시 풀을 뜯기 시작했다. "왜 그래?" 아내에게 말했다. "참 나, 도대체 지금 여기서 무슨 일이 벌어지고 있는 거야?"

그녀는 대답하지 않았다. 말은 몇 걸음 움직였지만 계속 풀을 잡아당겨 씹었다. 다른 말도 풀을 우적우적 씹고 있었다. 아내는 말갈기에 매달려 말과 함께 움직였다. 나는 말의 목에 손을 얹었고 말의 용솟음치는 힘이 팔을 타고 어깨까지 올라오는 것을 느꼈다. 몸이 부르르 떨렸다. 아내는 여전히 울고 있었다. 나는 무력감을 느꼈지만 무섭기도 했다.

"무슨 일인지 말해줄 수 있어?" 내가 말했다. "옷을 왜 이렇게 입고 있는 거야? 앞쪽 포치의 저 여행가방은 뭐고? 이 말은 어디에서 왔어? 참 나, 무슨 일인지 좀 말해줄 수 있어?"

아내는 말에게 흥얼거리기 시작했다. 흥얼거리다니! 이윽고 그녀는 흥얼거림을 멈추고 말했다. "내 편지 안 읽었지, 그렇지? 대충 훑어봤을지는 모르지만 읽지는 않았어. 인정해!"

"읽었어." 거짓말을 하고 있었지만 선의의 거짓말이었다. 부분적으로만 진실이 아니기도 했다. 하지만 죄 없는 자가 먼저 나를 돌로 쳐라.* "그런데 지금 이게 무슨 일인지 좀 말해줘."

아내는 좌우로 고개를 저었다. 말의 거무스름하게 젖은 갈기

226

에 얼굴을 집어넣었다. 말이 우적, 우적, 우적 씹는 소리가 들렸다. 말은 콧구멍으로 공기를 빨아들이며 콧소리를 냈다.

그녀가 말했다. "여자애가 하나 있었어. 봐. 듣고 있어? 이 여자애는 이 남자애를 무척 사랑했어. 자기보다 훨씬 사랑했어. 하지만 남자애는—뭐, 성장을 했지. 남자애한테 무슨 일이 일어났는지는 몰라. 뭔 일이 있었겠지 뭐. 남자애는 잔인해지려는 의도는 없었는데도 잔인해졌고—"

나머지는 듣지 못했다. 바로 그때 안개 속에서 차 한 대가 나타나 전조등을 켜고 지붕의 파란 불을 밝힌 채 진입로로 들어섰기 때문이다. 잠시 후 그 뒤를 따라 픽업트럭이 나타났는데 뒤에는 말을 싣는 트레일러 같은 것이 보였지만 안개 때문에 확실하게 알기는 힘들었다. 다른 무엇일 수도 있었다—가령 커다란 휴대용 오븐이라든가. 차는 잔디에 올라서자 멈추었다. 그러자 픽업도 차 옆으로 나란히 서서 멈추었다. 두 차량 모두 전조등을 켠 채 엔진을 끄지 않아 기괴하고 괴상한 분위기가 더욱 고조되었다. 카우보이모자를 쓴 사람—목장주였다, 내 생각으로는—이 픽업에서 내렸다. 그는 양가죽 코트의 깃을 세워올리고 말에게 휘파람을 불었다. 곧 레인코트를 입은 커다란 남자가 차에서

---

* 성경에 나오는 예수의 말.

내렸다. 목장주보다 몸집이 훨씬 컸고 역시 카우보이모자를 쓰고 있었다. 레인코트 앞자락이 펼쳐져 있어 허리에 찬 권총을 볼 수 있었다. 보안관보일 수밖에 없었다. 벌어지고 있는 모든 일과 내가 느끼는 불안에도 불구하고 이 두 남자가 모자를 쓰고 있다는 점은 눈여겨볼 가치가 있다는 생각이 들었다. 나는 손으로 머리를 빗었고 모자를 쓰고 있지 않은 게 아쉬웠다.

"조금 전에 보안관실에 전화를 했어." 아내가 말했다. "말을 처음 보았을 때." 그녀는 잠시 기다렸다가 다른 이야기를 했다. "이제 결국 당신이 나를 시내까지 태워다줄 필요는 없게 됐네. 편지에서 그 얘기를 했는데, 당신이 읽은 편지에서. 시내까지 태워다달라고 했어. 이제 저 신사 중 한 분의 차를 얻어 타면 되겠네. 뭐 태워주겠지. 내 마음은 어떤 부분에서도 전혀 변하지 않았어. 이 결정은 돌이킬 수 없다고 말하고 있는 거야. 날 봐!" 그녀가 말했다.

나는 그들이 가축을 모는 것을 지켜보고 있었다. 보안관보가 손전등을 들고 있었고 목장주는 트레일러에 연결된 작은 경사로에 말이 올라가게 하고 있었다. 나는 이제는 알 수 없게 되어버린 이 여자를 돌아보았다.

"당신을 떠나는 거야." 그녀가 말했다. "지금 그 일이 벌어지고 있는 거야. 나는 오늘밤 시내로 갈 거야. 독립을 할 거야. 당신이 읽은 편지에 다 있는 얘기야." 앞서 말했듯 아내는 편지에서 단어에 밑줄을 그은 적이 없었던 반면 지금은 입에서 나오는 거의 모든 말을 강조하듯이 힘주어 말하고 있었다(울음은 그쳤다).

"대체 무슨 생각이야?" 내가 그렇게 말하는 소리가 들렸다. 나도 어쩔 수 없이 나 자신의 말 가운데 일부에 압력을 높여야 할 것만 같았다. "왜 이러는 거야?"

그녀는 고개를 저었다. 목장주는 이제 두번째 말을 트레일러에 실으면서 날카롭게 휘파람을 불고 손뼉을 치고 가끔 "워워! 워워, 빌어먹을! 뒤로 물러나. 뒤로!" 하고 소리를 질렀다.

보안관보가 겨드랑이에 서류판을 끼고 우리에게 다가왔다. 커다란 손전등을 들고 있었다. "누가 연락을 했습니까?"

"내가 했어요." 아내가 말했다.

보안관보는 잠시 그녀를 건너다보았다. 손전등으로 하이힐을, 이어 모자를 비추었다. "완전히 차려입으셨네요."

"남편을 떠나는 중이라서요."

보안관보는 고개를 끄덕였다, 다 이해한다는 듯이. (하지만 그는 이해 못했다, 할 수가 없었다!) "저분이 부인한테 무슨 문제를 일으키는 건 아니죠, 그렇죠?" 보안관보가 말하며 손전등으로 내 얼굴을 비추고 빛으로 빠르게 아래위를 훑었다. "아니죠, 선생님?"

"아닙니다." 내가 말했다. "아무 문제 없습니다. 하지만 내가 화나는—"

"좋습니다." 보안관보가 말했다. "그럼 다 들었습니다."

목장주는 트레일러의 문을 닫고 걸쇠를 채웠다. 그런 뒤에 젖은 풀을 헤치고 우리 쪽으로 걸어왔는데 풀은, 언뜻 보니, 그의 장화 꼭대기에 이르렀다.

"연락 주셔서 감사드리고 싶습니다." 그가 말했다. "큰 신세 졌습니다. 정말 심한 안개로군요. 저 녀석들이 큰길로 나가 돌아다녔으면 저쪽을 완전히 뒤집어엎었을 수도 있습니다."

"이 부인이 전화를 주셨소." 보안관보가 말했다. "프랭크, 이분이 시내까지 태워다줄 차가 필요하다시는데. 집을 떠나신대요. 누가 피해자인지는 모르겠지만 떠나는 건 이분이오." 그러더니 그는 아내를 돌아보았다. "정하신 거죠, 그렇죠?" 그가 그녀에게 말했다.

그녀는 고개를 끄덕였다. "정했어요."

"좋습니다." 보안관보가 말했다. "어쨌든 정리가 됐군요. 프랭크, 듣고 있소? 나는 시내까지 모셔다드릴 수가 없어. 또 들러야 할 데가 있거든. 그러니 부인을 좀 도와서 시내까지 모셔다드리겠소? 아마 버스 터미널이나 호텔로 가고 싶어하실 것 같은데. 대개 그렇게들 하잖소. 거기로 가고 싶으신가요?" 보안관보가 아내에게 말했다. "프랭크가 알아야 하니까."

"버스 터미널에 떨궈주시면 돼요." 아내가 말했다. "포치에 있는 게 내 가방이에요."

"어떻소, 프랭크?" 보안관보가 말했다.

"갈 수 있을 것 같은데요. 가고말고요." 프랭크가 말하며 모자를 벗더니 다시 썼다. "기꺼이 그럴 수 있지요, 뭐. 하지만 나는 어떤 일에도 끼어들고 싶지 않아요."

"전혀 그럴 일 없어요." 아내가 말했다. "전혀 폐가 되고 싶은 마음 없어요. 다만—음, 당장은 괴롭네요. 그래요, 괴로워요. 하지만 일단 여기를 떠나면 괜찮을 거예요. 이 끔찍한 곳을 떠나면. 그냥 뒤에 두고 온 게 없는지 확실하게 확인만 할게요. 중요한 걸 두고 가지 않도록." 그녀는 덧붙이고, 잠깐 망설이다가 이윽고 말했다. "보이는 것만큼 갑작스러운 일은 아니에요. 오래, 오래전부터 다가오고 있었던 일이에요. 우리는 결혼한 지 아주 오래됐어요. 좋은 때도 나쁜 때도, 잘나갈 때도 못 나갈 때도 있었죠. 다 겪어봤어요. 하지만 이제 혼자가 될 시간이에요. 네, 그럴 시간이에요. 내가 무슨 말 하는지 아시겠어요, 신사분들?"

프랭크는 다시 모자를 벗더니 테를 살피는 것처럼 두 손에 들고 돌렸다. 이윽고 다시 머리에 썼다.

보안관보가 말했다. "흔히 있는 일이죠. 우리 누구도 완전하지 않다는 건 주님이 아십니다. 우리는 완전하게 만들어지지 않았어요. 천사는 천국에서만 볼 수 있습니다."

아내는 집 쪽으로 움직여 하이힐을 신은 발로 축축하고 무성한 잔디를 조심스럽게 걸었다. 현관문을 열고 안으로 들어갔다. 불이 밝혀진 창들 뒤에서 그녀가 움직이는 모습이 보였고, 그 순간 생각이 떠올랐다. 저 여자를 다시 보지 못할 수도 있겠구나. 그게 내 마음을 지나간 생각이었고, 그것 때문에 나는 비틀거렸다.

목장주와 보안관보와 나는 둘러서서 기다렸고 아무런 말도 하지 않았다. 축축한 안개가 우리와 차의 불빛 사이를 떠돌았다. 말들이 트레일러에서 몸을 움직이는 소리가 들렸다. 생각해보니, 우리 모두 불편했다. 하지만 물론 나는 내 이야기만 하고 있을 뿐이다. 그들이 뭘 느꼈는지는 모른다. 어쩌면 매일 밤 이런 일이 일어나는 것을 볼지도—사람들의 삶이 산산조각으로 흩어지는 것을 보는지도 몰랐다. 보안관보는 볼 거다, 어쩌면. 하지만 프랭크, 목장주는 눈을 계속 내리깔고 있었다. 그는 두 손을 앞 호주머니에 넣었다가 도로 뺐다. 풀 속의 뭔가를 걷어찼다. 나는 다음에 무슨 일이 벌어질지 전혀 모르는 채로 팔짱을 끼고 계속 거기 서 있었다. 보안관보는 계속 손전등 불을 껐다 켰다 했다. 그러다 여러 번 팔을 뻗어 손전등으로 안개를 때렸다. 말 한 마리가 트레일러에서 히힝 소리를 냈고, 그러자 다른 한 마리도 히힝 소리를 냈다.

"이런 안개에서는 아무것도 보이지 않겠는데." 프랭크가 말했다.

나는 그가 그저 대화를 하고자 그 말을 한다는 것을 알았다.

"이렇게 심한 건 본 적이 없어." 보안관보가 말했다. 그러더니 내 쪽을 건너다보았다. 이번에는 내 눈에 빛을 비추지 않고 말을 했다. "저분이 왜 떠나는 거요? 댁이 때리거나 그랬소? 때린 거요, 그래요?"

"한 번도 때린 적 없습니다. 결혼생활 내내 단 한 번도. 몇 번 그럴 만한 일이 있었지만 때리지 않았어요. 저 사람이 나를 한 번 때렸죠." 내가 말했다.

"자, 더 얘기하지 맙시다." 보안관보가 말했다. "오늘밤에는 어떤 쓰레기도 듣고 싶지 않으니까. 아무 말도 하지 마쇼, 그럼 아무 일도 없을 거요. 거친 일은 전혀 없을 거요. 그럴 생각도 하지 마쇼. 그럼 오늘밤 여기에서는 아무런 문제도 생기지 않아, 안 그렇소?"

보안관보와 프랭크는 나를 지켜보고 있었다. 프랭크가 당황했다는 것을 알 수 있었다. 그는 재료를 꺼내더니 담배를 말기 시작했다.

"맞아요." 내가 말했다. "아무 문제도 안 생길 겁니다."

아내가 포치로 나와 가방을 들었다. 그녀가 집안을 마지막으로 둘러보았을 뿐 아니라 그 기회를 이용해 옷매무새를 다시 정리하고 새로 립스틱을 바르는 등의 일을 했다는 느낌을 받았다. 그녀가 계단을 내려오자 보안관보는 손전등을 계속 비추어주었다. "이쪽입니다, 부인." 그가 말했다. "걸음 조심하세요, 자—미끄럽습니다."

"갈 준비가 됐어요." 그녀가 말했다.

"알겠습니다." 프랭크가 말했다. "음, 지금 우리가 이걸 다 제대로 하고 있는지 그냥 확인해보려고 하는 말인데요." 그는 다시 모자를 벗어 손에 들고 있었다. "내가 부인을 시내까지 태우고 갈 거고 버스 터미널에 내려드릴 겁니다. 하지만, 아시다시피, 나는 어디에도 끼어들고 싶지 않아요. 무슨 말인지 아실 겁니다." 그는 내 아내를 보고, 이어 나를 보았다.

"맞소." 보안관보가 말했다. "딱 맞는 말을 했구먼. 통계에 따르면 이런 가정 분쟁이, 흔히, 어떤 사람이, 특히 법 집행관이 잠재적으로 잘못 말려들 수 있는 가장 위험한 상황이오. 하지만 이 상황은 빛나는 예외가 될 것 같소. 맞지요, 여러분?"

아내가 나를 보며 말했다. "당신한테 키스는 하지 않을 거야. 그래, 작별 키스는 하지 않을 거야. 그냥 안녕이란 말만 할게. 잘 지내."

"맞습니다." 보안관보가 말했다. "키스—그게 어떤 결과를 낳을지 누가 알겠습니까, 그렇죠?" 그는 웃음을 터뜨렸다.

그들 모두 내가 무슨 말을 하기를 기다린다는 느낌을 받았다. 하지만 평생 처음으로 말문이 막히는 느낌이었다. 그러다가 기운을 내 아내에게 말했다. "당신은 마지막으로 그 모자를 썼을 때 베일을 달아서 썼고 내가 당신 팔을 잡고 있었어. 당신은 당신 어머니를 애도하고 있었어. 거무스름한 원피스를 입었지, 오늘 밤 입은 원피스가 아니라. 하지만 하이힐은 똑같아, 기억나. 이런 식으로 나를 떠나지 마." 나는 말했다. "어떻게 해야 할지 모르겠어."

"어쩔 수 없어." 그녀가 말했다. "편지에 다 있어—모든 걸 편지에 자세히 적어놨어. 나머지는—모르겠어. 수수께끼나 추측의 영역인 것 같아. 어쨌든 편지에 당신이 전에 몰랐던 내용은 없어." 그러더니 프랭크를 돌아보며 말했다. "가요, 프랭크. 프랭크라고 불러도 되죠, 네?"

"원하는 대로 부르세요," 보안관보가 말했다. "저녁 먹을 시간에 늦었다고 부르는 것만 아니라면.*" 그는 다시 웃음을 터뜨렸다—원기가 왕성한 커다란 웃음이었다.

---

* 부른다는 말을 이용한 말장난으로 편하게 부르라는 뜻.

"맞아요." 프랭크가 말했다. "불러도 되고말고요. 자, 좋습니다. 그럼 갑시다." 그는 아내에게서 가방을 받아들고 픽업으로 가서 캡에 가방을 실었다. 그런 뒤에 조수석 문을 열어 손으로 잡은 채 서 있었다.

"자리를 잡고 나서 편지할게." 아내가 말했다. "어쨌든 편지는 쓸 거 같아. 하지만 급한 것부터 먼저 처리하고, 두고 보자고."

"바로 그겁니다." 보안관보가 말했다. "모든 소통 통로를 열어두라고요. 행운을 빌겠소, 참말로." 보안관보가 나에게 말했다. 그러고는 자기 차로 가서 올라탔다.

픽업이 넓고 느리게 방향을 틀었고 트레일러가 잔디를 가로질렀다. 말 한 마리가 히힝 울었다. 내가 아내의 모습을 마지막으로 본 건 픽업의 캡에서 성냥불이 타올랐을 때였다. 나는 그녀가 담배를 물고 목장주가 내미는 불을 받아들이기 위해 몸을 숙이는 것을 보았다. 성냥을 잡은 손을 두 손으로 감싸고 있었다. 보안관보는 픽업과 트레일러가 지나가기를 기다렸다가 차를 크게 돌렸고, 차는 젖은 풀에 미끄러졌지만 진입로에서 디딜 곳을 찾았으며 타이어 밑에서 자갈을 튀겼다. 그는 도로로 향하면서 경적을 울렸다. 빵. 역사학자들은 "빵"이나 "삐"나 "펑" 같은 단어를 더 자주 사용해야 한다—특히 대학살 이후의 심각한 상황이나 끔찍한 사건이 온 나라의 미래에 먹구름을 드리울 때는. 그게

"빵" 같은 단어가 필요할 때이고 그런 단어는 황동 시대의 황금이다.

바로 이 순간, 아내가 떠나는 것을 지켜보며 안개 속에 서 있을 때, 그녀가 결혼식 부케를 들고 있는 흑백사진이 기억났다고 말하고 싶다. 그녀는 열여덟 살이었다―그냥 애다. 그녀의 어머니는 결혼식 불과 한 달 전에 나에게 그렇게 소리쳤다. 그 사진을 찍기 몇 분 전에 그녀는 결혼했다. 그녀는 미소를 짓고 있었다. 그녀는 막 소리 내어 웃었거나 아니면 이제 막 웃으려 하고 있다. 어느 쪽이든 카메라를 들여다보는 그녀의 입은 놀라운 행복에 활짝 벌어져 있다. 임신 삼 개월이다. 물론 카메라는 그걸 보여주지 않지만. 하지만 그녀가 임신했다고 해서 뭐? 그래서 뭐? 당시에는 모두 임신하지 않았나? 어쨌든 그녀는 행복했다. 나도 행복했다―그랬다는 걸 분명히 알고 있다. 우리 둘 다 행복했다. 그 사진에 나는 없지만 가까이 있었다―불과 몇 걸음 떨어져서, 내 기억으로는, 행복을 빌어주는 어떤 사람과 악수를 하고 있었다. 아내는 라틴어와 그리스어와 독일어와 화학과 물리학과 역사와 셰익스피어를 비롯해 사립학교에서 가르치는 모든 것을 알았다. 찻잔을 제대로 쥐는 법을 알았다. 요리하는 법과 사랑을 나누는 법도 알았다. 대단한 사람이었다.

하지만 내가 이 사진을 다른 몇 장과 함께 발견한 것은 그 말 사건이 있고 나서 며칠 뒤 버릴 수 있는 것과 보관해야 할 것을 구분하려고 아내의 소지품을 살필 때였다. 나는 이사하려고 짐을 싸고 있었는데 그 사진을 잠시 보다가 버렸다. 나는 무자비했다. 상관없다고 혼잣말을 했다. 왜 내가 상관하나?

내가 인간 본성에 관해 안다면—실제로 안다—조금이라도 아는 게 있다면 그녀는 나 없이 살 수 없으리라는 걸 안다. 그녀는 돌아올 것이다. 그것도 곧. 곧이 되게 하라.

아니, 나는 어떤 것에 관해서도 어떤 것도 모른다. 알았던 적이 없다. 그녀는 영원히 가버렸다. 정말로. 그걸 느낄 수 있다. 가버렸고 절대 돌아오지 않는다. 끝. 절대. 나는 다시는 그녀를 보지 못할 거다, 어딘가 거리에서 우연히 마주치지 않는 한.

필체 문제는 여전히 남아 있다. 그건 곤혹스럽다. 하지만 물론 필체는 중요한 문제가 아니다. 편지의 결과가 나타난 마당에 그게 어떻게 중요할 수 있겠는가? 편지 자체가 아니라 편지 안에 있는 것들을 나는 잊을 수 없다. 그래, 편지는 절대 다른 무엇보다도 중요한 게 아니다—거기에는 누군가의 필체보다 훨씬 많은 것이 있다. "훨씬 많은 것"은 미묘한 것들과 관계가 있다. 가령 아내를 얻는 것은 역사를 얻는 것이라고 말할 수도 있다. 만일 그렇다면, 나는 이제 역사 바깥에 있는 셈이 된다―말과 안개처럼. 또는 내 역사가 나를 떠났다고 말할 수도 있다. 또는 내가 역사 없이 계속 가야 한다고. 또는 이제 역사는 나 없이 존재해야 한다고 할 수도 있다―아내가 편지를 더 쓰거나, 가령 일기를 쓰는 친구에게 말을 하지 않는 한. 만일 그렇게 한다면, 세월이 흐른 뒤 누군가 이 시기를 돌아보고 기록에 따라, 그 조각과 장광설에 따라, 그 침묵과 빈정거림에 따라 해석할 수 있다. 그 순간 자서전이 이 가엾은 남자의 역사라는 생각이 떠오른다. 그리고 내가 역사에 작별인사를 하고 있다는 생각도. 안녕, 내 사랑.

심부름

체호프. 1897년 3월 22일 저녁 그는 모스크바에서 속을 털어
놓는 허물없는 친구 알렉세이 수보린과 저녁을 먹으러 갔다. 이
자수성가한 수보린은 아주 부유한 신문발행인이자 출판업자였
고 반동적 인물이었으며 아버지는 보로디노 전투에서 사병으로
싸웠다. 체호프와 마찬가지로 그도 농노의 손자였다. 그들에게
는 그런 공통점이 있었다. 둘 다 농민의 피가 흐르고 있다는 것.
그것 말고는 정치적으로나 기질적으로 그들은 아주 거리가 멀었
다. 그럼에도 수보린은 체호프가 친밀하게 지낸 소수에 속했으
며 체호프는 그와 함께 있는 시간을 좋아했다.
　당연히 그들은 도시에서 가장 좋은 레스토랑으로 갔다. 전에
시청이었던 곳으로 이름은 에르미타주였으며 열 가지 음식이 나

오는 코스를 다 먹는 데 몇 시간, 심지어 밤시간의 절반이 걸릴
수도 있는 곳이었는데, 물론 여기에는 몇 가지 와인과 리큐어와
커피도 포함되었다. 체호프는 늘 그렇듯이 흠 없이 옷을 차려입
었다―거무스름한 양복에 조끼, 평소 걸치는 코안경. 그날 밤 그
는 이 시기에 그를 찍은 사진에 나오는 모습과 아주 흡사해 보
였다. 또 느긋하고 쾌활했다. 그는 급사장과 악수를 하고 커다
란 식당을 한눈에 살폈다. 장식 샹들리에 여러 개가 식당을 환하
게 밝혔고 테이블에는 우아한 차림의 남녀가 자리를 잡고 있었
다. 웨이터들이 쉴새없이 오갔다. 그러나 그가 테이블에서 수보
린 맞은편에 앉는 순간, 예고도 없이 입에서 피가 쏟아져나오기
시작했다. 수보린과 웨이터 둘이 그를 도와 화장실로 가서 얼음
주머니로 출혈을 막으려 했다. 수보린은 체호프를 자신이 묵고
있는 호텔로 데려가게 하고 자기 스위트룸의 한 방에 그를 위한
침대를 준비하게 했다. 나중에 다시 각혈하고 난 뒤 체호프는 결
핵 그리고 그와 관련한 호흡기 감염 치료를 전문으로 하는 병원
으로 옮겼다. 수보린이 그곳으로 찾아가자 체호프는 사흘 전 밤
레스토랑에서 있었던 "수치"에 사과하면서 몸에 심각하게 문제
되는 곳은 없다고 계속 우겼다. "그는 평소처럼 웃음을 터뜨리고
농담을 했다." 수보린은 일기에 적었다. "그러면서 커다란 그릇
에 피를 뱉어냈다."

3월의 마지막 날들 동안 여동생 마리아 체호프가 병원으로 면회를 왔다. 날씨는 궂었다. 진눈깨비 폭풍이 불었고 어디에나 언눈이 잔뜩 쌓여 있었다. 그녀는 병원으로 데려다줄 마차를 잡기가 힘들었다. 간신히 병원에 도착했을 때 그녀는 두려움과 불안에 사로잡혀 있었다.

"안톤 파블로비치는 누워 있었다." 마리아는 『회고록』에서 말했다. "말하는 것이 허락되지 않았다. 나는 인사를 한 뒤 감정을 감추기 위해 테이블로 갔다." 테이블의 샴페인 병들이며 캐비어 단지들이며 쾌유를 비는 사람들이 보낸 꽃다발 사이에서 그녀는 무시무시한 것을 보았다. 그 분야의 전문가가 손으로 그린 것이 분명한 체호프의 허파 드로잉이었다. 의사가 현재 벌어지고 있다고 생각하는 일을 환자에게 보여주기 위해 흔히 그리는 스케치였다. 허파의 윤곽은 파란색이었지만 윗부분은 붉은색으로 채워져 있었다. "그게 병든 부분임을 깨달았다." 마리아는 말했다.

레프 톨스토이도 면회를 왔다. 병원 실무진은 나라 최고의 작가가 와 있는 것에 경외감을 느꼈다. 아니, 러시아에서 가장 유명한 사람이라고 해야 하나? 물론 "불가피하지 않은" 면회객은 금지하고 있었지만 톨스토이가 체호프를 만나는 것은 허락해주었다. 간호사와 레지던트들의 아첨 섞인 안내를 받으며 턱수염을 기른 사나워 보이는 노인은 체호프의 방으로 들어갔다. 톨스토이는 극작가로서 체호프의 능력은 낮게 평가했지만(톨스토이는 그의 희곡들이 정적이고 도덕적 비전이 부족하다고 생각했다. "자네의 인물들이 자네를 어디로 데려가나?" 그는 체호프에게 따진 적이 있었다. "소파에서 폐물 창고로 데려갔다가 돌아올 뿐이야.") 체호프의 단편은 좋아했다. 더욱이, 아주 간단하게, 그는 이 인간을 사랑했다. 그는 고리키에게 말했다. "얼마나 아름답고 훌륭한 인간인지. 소녀처럼 겸손하고 조용해. 심지어 걷는 것도 소녀 같아. 그냥 멋있어." 톨스토이는 일기에(당시에는 모두가 일기를 썼다) "기쁘게도 체호프를…… 사랑한다"고 썼다.

톨스토이는 양모 목도리와 곰가죽 코트를 벗고 체호프의 침대 옆 의자에 앉았다. 체호프는 약물치료중이라 장시간 대화는커녕 말을 하는 것도 허락되지 않았지만 상관없었다. 백작이 자신의 영혼 불멸론에 관하여 담론을 시작하자 체호프는 놀란 눈으로 듣고 있어야 했다. 체호프는 나중에 그 면회에 관해 썼다. "톨스토이는 우리가 모두(인간이나 동물 모두) 하나의 원리(예를 들어 이성 또는 사랑) 속에서 계속 살 것이고 그 본질과 목표는 우리에게 수수께끼라고 가정하고 있다…… 나에게 그런 종류의 불멸은 쓸모없다. 나는 그것을 이해하지 못하고, 레프 니콜라예비치는 내가 이해하지 못하는 것에 깜짝 놀랐다."

그럼에도 체호프는 톨스토이가 사려 깊게 면회까지 와준 것에 감명받았다. 그러나 체호프는 톨스토이와 달리 내세를 믿지 않았고 믿은 적도 없었다. 오감 가운데 하나 또는 몇 개로 파악할 수 없는 것은 절대 믿지 않았다. 그는 인생이나 글쓰기에 대한 자신의 관점과 관련하여 누군가에게 자신은 "정치적, 종교적, 철학적 세계관"이 없다고 말한 적이 있다. "나는 그것을 매달 바꾸기 때문에, 내 주인공들이 사랑하고 결혼하고 애를 낳고 죽는 방식, 또 말하는 방식을 묘사하는 것으로 내 일을 한정할 수밖에 없을 것이다."

그전에, 폐결핵 진단을 받기 전에 체호프는 말한 적이 있다. "농민은 결핵에 걸리면 말한다. '내가 할 수 있는 일이 없다. 봄에 눈이 녹는 것과 함께 떠날 것이다.'"(체호프 자신은 여름에 열파 동안에 죽었다.) 하지만 체호프는 결핵을 진단받자 병의 악화를 최소화하려고 계속 노력했다. 늘 말끔하게 가시지 않는 카타르*에서 벗어날 수 있을 것이듯, 결국 이 병에서도 그럴 수 있을지 모른다고 끝까지 생각했던 듯하다. 그는 마지막 며칠에 이르기까지 나을 가능성을 확신하고 있는 것처럼 말했다. 실제로 죽기 직전 쓴 편지에서는 누이에게 "살이 찌고" 있으며 바덴바일러에 오니 훨씬 기분이 나아졌다고 말하기까지 했다.

---

* 감기 등으로 코와 목의 점막에 생기는 염증.

바젤에서 멀지 않은 바덴바일러는 '흑삼림지'의 서부에 자리 잡은 온천 휴양도시다. 도시 거의 어느 곳에서나 보주산맥이 보였고 당시에는 맑은 공기가 활력을 주었다. 러시아인은 오래전부터 그곳에 가 뜨거운 광물성 목욕물에 몸을 담그고 대로변 산책로를 걸었다. 1904년 6월 체호프는 그곳에 가서 죽었다.

그에 앞서 같은 달에 모스크바에서 베를린까지 어려운 기차여행을 했다. 부인인 배우 올가 크니페르와 함께 갔는데 그녀는 1898년 〈갈매기〉 리허설 때 만난 여자였다. 그 시대 사람들은 그녀가 뛰어난 배우라고 기록하고 있다. 재능 있고 예뻤으며 이 극작가보다 거의 열 살 어렸다. 체호프는 즉시 그녀에게 끌렸지만 자신의 감정에 따라 행동하는 것은 느렸다. 늘 그렇듯이 결혼에 이르기까지 밀고 당기는 걸 더 좋아했다. 여러 번 헤어지고 편지를 주고받고 피할 수 없는 오해가 얽힌 삼 년의 연애 후 그들은 마침내 1901년 5월 25일 모스크바에서 비공개로 결혼식을 올렸다. 체호프는 엄청나게 행복했다. 그는 올가를 자신의 "조랑말", 때로는 "개"나 "강아지"로 불렀다. 동시에 "귀여운 칠면조"나 그냥 "내 기쁨"이라고 부르는 것도 좋아했다.

베를린에서 체호프는 저명한 폐질환 전문가 카를 에발트의 진찰을 받았다. 그러나 목격자의 말에 따르면 의사는 체호프를 진찰한 뒤 두 손을 들어올리고 아무 말 없이 방을 나갔다. 체호프는 도움을 받을 수 있는 단계를 지난 상태였다. 이 닥터 에발트는 자신이 기적을 일으킬 수 없는 것에, 또 체호프가 그렇게 병든 것에 격분했다.

한 러시아 저널리스트가 우연히 체호프 부부를 호텔로 찾아갔다가 편집자에게 이런 급보를 보냈다. "체호프의 수명은 얼마 남지 않았다. 그는 죽을병에 걸린 것으로 보이며 몹시 여위었고 늘 기침을 하며 조금만 움직여도 숨을 헐떡이고 고열에 시달린다." 이 저널리스트는 앞서 체호프가 바덴바일러로 가는 기차에 오를 때 포츠담역으로 전송을 나갔다. 그의 이야기에 따르면 "체호프는 역의 짧은 층계를 오르는 데도 어려움을 겪었다. 숨을 고르려고 몇 분을 앉아 있어야 했다". 사실 체호프는 움직이는 것이 고통스러웠다. 다리가 계속 아프고 뱃속에도 통증이 있었다. 병은 내장과 척수까지 공격하고 있었다. 이 시점에서 그의 수명은 한 달이 남지 않았다. 이제 체호프는 자신의 상태에 관해 말할 때, 올가에 따르면, "거의 무모할 정도로 무관심했다".

닥터 슈뵈러는 여러 병을 고치러 온천에 오는 부자들을 치료해 많은 돈을 번 바덴바일러의 의사들 가운데 하나였다. 환자 가운데 일부는 병약했고 일부는 그저 나이가 들면서 건강염려증에 시달렸다. 그러나 체호프는 특별한 환자였다. 도울 수 있는 단계를 분명히 지나 마지막 나날에 이르러 있었다. 동시에 매우 유명했다. 닥터 슈뵈러도 그의 이름을 알았다. 독일 잡지에서 그의 이야기 몇 편을 읽었기 때문이다. 6월 초 이 작가를 진찰했을 때 그는 체호프의 예술을 높이 평가하는 말을 했지만 의학적 견해는 밝히지 않았다. 대신 코코아, 버터에 적신 오트밀, 딸기 차 식단을 처방했다. 마지막 차는 체호프가 밤에 잘 수 있도록 도와주려는 것이었다.

6월 13일, 죽기까지 석 주도 남지 않았을 때 체호프는 어머니에게 쓴 편지에서 건강이 회복중이라고 말했다. 그는 편지에서 말했다. "일주일이면 완전히 나을 것 같습니다." 왜 그렇게 말했는지 누가 알겠는가? 그는 무슨 생각을 하고 있었을까? 그는 본인이 의사였고 자신의 상태를 모를 만큼 어리석지 않았다. 그는 죽어가고 있었고 그것은 그렇게 간단하고 피할 수 없는 것이었다. 그럼에도 그는 호텔방 발코니에 나가 앉아 기차 시간표를 읽었다. 마르세유에서 오데사로 가는 배편 정보를 요청했다. 하지만 그는 알았다. 이 단계에서는 알 수밖에 없었다. 그러나 거의 맨 마지막에 쓴 편지에서는 누이에게 하루가 다르게 건강해지고 있다고 말했다.

그는 이제 문학적 작업에 대한 욕구가 전혀 없었는데 이것은 오래된 일이었다. 사실 그전 해에는 『벚꽃 동산』을 완성하는 데 실패할 뻔했다. 그 희곡을 쓰는 것은 평생 그가 한 가장 힘든 일이었다. 끝에 가서는 하루에 겨우 예닐곱 줄을 쓸 수 있을 뿐이었다. "자신감을 잃기 시작했어." 그는 올가에게 말했다. "작가로서 끝났다는 느낌이야. 모든 문장이 무가치하고 아무런 쓸모가 없다는 생각이 들어." 하지만 중단하지 않았다. 1903년 10월에 희곡을 끝냈다. 그것이 그가 마지막으로 쓴 것이었고 그뒤에는 편지, 그리고 수첩의 몇 가지 기록뿐이었다.

1904년 7월 2일 자정이 조금 넘었을 때 올가는 닥터 슈뵈러를 부르러 사람을 보냈다. 위급 상황이었다. 체호프는 착란상태에 빠져들고 있었다. 휴가를 온 젊은 러시아인 두 명이 마침 옆방에 있어 올가는 서둘러 그 방으로 가 상황을 설명했다. 젊은이 한 명은 침대에서 자고 있었지만 다른 한 명은 아직 깨어서 담배를 피우며 책을 읽고 있었다. 그가 호텔을 나가 닥터 슈뵈러를 찾으러 달려갔다. "그 무더운 7월 밤의 정적 속에서 그 사람 신발이 자갈을 밟던 소리가 아직도 귀에 들린다." 올가는 나중에 회고록에 썼다. 체호프는 환각에 빠져 뱃사람 이야기를 하고 있었는데 일본인에 관한 말이 토막토막 들렸다. "텅 빈 배에 얼음을 올리지 마." 그녀가 가슴에 얼음 팩을 올리려 하자 그가 말했다.

닥터 슈뵈러가 도착하여 가방을 열었고, 그러면서도 침대에 누워 숨을 헐떡이는 체호프에게서 눈을 떼지 않았다. 병자의 눈동자는 팽창했고 관자놀이는 땀으로 번들거렸다. 닥터 슈뵈러의 얼굴에는 아무런 표정이 없었다. 그는 감정적인 사람이 아니었지만 그래도 체호프의 끝이 다가왔다는 것을 알고 있었다. 그럼에도 그는 최선을 다하겠다고 맹세한 의사였고 체호프는 비록 박약한 힘이기는 했지만 생명을 놓지 않고 있었다. 닥터 슈뵈러는 피하주사기를 준비하여 심장박동을 빠르게 해준다고 하는 장뇌를 주사했다. 그러나 주사는 도움이 되지 않았다—물론 어떤 것도 도움이 되지 않았을 것이다. 그럼에도 의사는 올가에게 산소를 가지러 사람을 보내겠다는 의향을 밝혔다. 갑자기 체호프가 정신을 차리더니 맑은 정신으로 조용히 말했다. "그게 무슨 소용이 있나요? 그게 오기 전에 나는 시체가 될 건데."

닥터 슈뵈러는 커다란 콧수염을 잡아당기며 체호프를 물끄러미 응시했다. 작가의 뺨은 잿빛으로 우묵하게 꺼졌고 안색은 밀랍 같았다. 숨은 거칠었다. 닥터 슈뵈러는 몇 분 남지 않았다는 것을 알았다. 의사는 아무 말 없이, 올가와 상의하지도 않고 전화기가 달려 있는 벽감으로 갔다. 먼저 전화기 사용법을 읽었다. 어떤 단추를 손가락으로 누른 채 전화기 옆면의 손잡이를 돌려 전화기를 작동시키면 호텔의 아래 구역, 즉 주방과 연락할 수 있었다. 그는 수화기를 들고 귀에 갖다댄 뒤 사용법에서 시킨 대로 했다. 누군가 마침내 전화를 받았을 때 닥터 슈뵈러는 호텔에서 가장 좋은 샴페인을 한 병 주문했다. "잔은 몇 개나?" 그는 질문을 받았다. "셋!" 의사가 송화기에 대고 소리쳤다. "그리고 서두르쇼, 알아들었소?" 보기 드문 영감의 순간이었다. 너무나도 적절해서 불가피해 보일 정도라 나중에 보면 영감에 따른 행동이었다고 생각하기 쉽지 않은 순간.

금발이 삐죽삐죽 솟은 피곤한 표정의 젊은이가 샴페인을 문으로 가져왔다. 제복 바지는 잡아놓았던 주름이 사라져 후줄근했고 서두르는 바람에 재킷 단추를 채우다 빠뜨린 곳이 있었다. 쉬고 있는데(가령 의자에 늘어져서 조금 졸고 있다가) 새벽에 저 멀리서 전화벨이 시끄럽게 울렸고—하늘에 계신 위대한 하느님!—다음 순간 상급자가 흔들어 깨웠음을 보여주는 모습이었다. 모에 한 병을 211호로 가져다주라고 말했다. "그리고 서둘러, 알아들었어?"

젊은이는 샴페인이 든 은색 얼음통과 컷 크리스털 잔 세 개가 놓인 은쟁반을 들고 방으로 들어갔다. 그는 테이블에서 얼음통과 잔을 놓을 자리를 찾으면서도 계속 목을 길게 빼고 다른 방을 들여다보려 했다. 그곳에서는 누군가 거칠게 숨을 헐떡이고 있었다. 무시무시하고 참혹한 소리라 젊은이는 턱을 옷깃에 처박고 고개를 돌렸다. 톱니바퀴가 돌아가는 듯한 숨소리는 점점 심각해졌다. 그는 자신이 뭐하는 사람인지도 잊고 창밖 어두워진 도시를 물끄러미 내다보았다. 그 순간 위압적인 커다란 덩치에 콧수염을 수북이 기른 남자가 손에 동전 몇 개를 쥐여주었고— 촉감으로도 팁이 많다는 것을 알 수 있었다—그 순간 자기가 들어온 문이 열리는 것이 보였다. 그는 몇 걸음 걸어가 어느새 층계참에 섰고, 그곳에서 손을 펼치고 놀란 눈으로 동전을 보았다.

　의사는 무슨 일을 할 때나 마찬가지였지만 지금도 꼼꼼하게 병에서 코르크를 뽑는 일을 하기 시작했다. 축제 같은 폭발음을 가능한 한 최소화하려 했다. 그는 잔 세 개를 채우고 습관적으로 코르크를 다시 병에 꽂았다. 그리고 샴페인 잔을 침대로 가져갔다. 올가는 잠시, 잡고 있던 체호프의 손—나중에 그녀가 말한 바로는, 그녀의 손가락들을 뜨겁게 달군 손—을 놓았다. 그녀는 그의 머리 뒤에 베개를 하나 더 받쳤다. 그런 다음 서늘한 샴페인 잔을 체호프의 손바닥에 대고 손가락이 잔의 가는 손잡이를 단단히 쥐게 했다. 그들은 표정을 교환했다—체호프, 올가, 닥터 슈뵈러. 잔을 부딪치지는 않았다. 건배사는 없었다. 도대체 무엇을 위해 마실 것인가? 죽음을 위해? 체호프가 남은 힘을 그러모아 말했다. "샴페인을 마신 지 꽤 오래됐군." 그는 잔을 입술로 가져가 마셨다. 일이 분 뒤 올가는 그의 손에서 빈 잔을 거두어 협탁에 놓았다. 그러자 체호프는 모로 누웠다. 눈을 감고 한숨을 쉬었다. 일 분 뒤 그의 숨이 멎었다.

닥터 슈뵈러는 체호프의 손을 침대 시트에서 들어올렸다. 체호프의 손목에 손가락을 대고 조끼 호주머니에서 금시계를 꺼내 뚜껑을 열어젖혔다. 손목시계의 초침은 천천히, 아주 천천히 움직였다. 초침이 시계의 문자판을 세 바퀴 도는 동안 맥박의 조짐이 나타나기를 기다렸다. 새벽 세시였지만 방안은 여전히 무더웠다. 바덴바일러는 연래 최악의 열파에 시달리고 있었다. 양쪽 방의 창을 모두 열어두었지만 바람의 기미는 없었다. 날개가 검은 커다란 나방 한 마리가 창문으로 날아들어와 전기 스탠드에 거칠게 몸을 부딪쳤다. 닥터 슈뵈러는 체호프의 손목을 놓았다. "끝났습니다." 그가 말했다. 그는 회중시계 뚜껑을 닫고 다시 조끼 주머니에 집어넣었다.

올가는 즉시 눈물을 닦고 마음을 다잡기 시작했다. 그녀는 의사에게 와주어 고맙다고 인사했다. 의사는 그녀에게 약이 필요하냐고 물었다―혹시 아편팅크, 아니면 진정제. 그녀는 고개를 저었다. 하지만 한 가지 요청이 있었다. 당국에 알리고 신문이 알아내기 전에, 그녀가 체호프를 더는 챙길 수 없는 시점이 오기 전에, 잠시 그와 단둘이 있고 싶다. 이걸 도와줄 수 있겠는가? 어

쨌든 잠시라도 방금 일어난 일의 소식을 알리지 않을 수 있겠는
가?

닥터 슈뵈러는 한 손가락 등으로 콧수염을 쓰다듬었다. 못할
게 뭐겠는가? 사실, 이 일을 지금 알리든 몇 시간 뒤에 알리든 그
게 무슨 차이가 있을까? 유일하게 처리할 작은 일 하나는 사망진
단서를 쓰는 것인데 그 일은 몇 시간 자고 난 뒤 아침에 진료실
에 가서 하면 된다. 닥터 슈뵈러는 그러마고 고개를 끄덕이고 떠
날 준비를 했다. 그는 몇 마디 조의를 전했다. 올가는 고개를 숙
였다. "영광이었습니다." 닥터 슈뵈러가 말했다. 그는 가방을 들
더니 방을 떠났고, 나아가서 역사를 떠났다.

바로 그 순간 샴페인 병의 코르크가 펑 튀어나갔다. 테이블로
거품이 쏟아져내렸다. 올가는 체호프의 침대로 돌아갔다. 그녀
는 발판에 앉아 그의 손을 잡고 가끔 얼굴을 쓰다듬었다. "사람
의 목소리, 일상적인 소리는 전혀 들리지 않았다." 그녀는 기록
했다. "오직 아름다움, 평화, 그리고 죽음의 장엄뿐이었다."

그녀는 밤새 체호프와 함께 있었고, 동이 트면서 개똥지빠귀
들이 아래 정원에서 울기 시작했다. 이윽고 아래 그곳에서 테이
블과 의자를 움직이는 소리가 들렸다. 오래지 않아 목소리들이

위로 그녀에게까지 전해졌다. 그때 문을 두드리는 소리가 들렸다. 물론 그녀는 어떤 관리가 온 게 틀림없다고 생각했다—가령 검시관이나 그녀에게 질문을 하고 기재할 양식을 줄 경찰관, 또는 어쩌면, 정말 어쩌면 닥터 슈뵈러가 체호프의 유해를 방부 처리하여 러시아로 가져가는 일을 도와줄 장의사와 함께 돌아온 것일 수도 있었다.

그러나 그 대신, 문 앞에는 몇 시간 전 샴페인을 가져온 금발의 젊은이가 있었다. 하지만 이번에는 제복 바지를 단정하게 다려 빳빳한 주름이 잡혀 있었고 꼭 맞는 녹색 재킷은 단추가 모두 채워져 있었다. 완전히 다른 사람처럼 보였다. 완전히 깨어 있을 뿐 아니라 통통한 뺨은 매끈하게 면도가 되어 있고 머리는 단정했으며 언제라도 손님의 요구를 들어주고 싶은 마음이 간절해 보였다. 그는 줄기가 긴 노란 장미 세 송이가 꽂힌 도기 꽃병을 들고 있었다. 그는 신발 뒷굽을 멋지게 딱 부딪치는 소리를 내며 올가에게 꽃을 보여주었다. 그녀는 뒤로 물러나 그를 방에 들였다. 그가 온 것은, 그는 말했다, 잔과 얼음통 그리고 그래, 쟁반을 가져가려는 것이다. 그러나 또 심한 더위 때문에 오늘은 아침식사가 정원에 차려질 것이라는 말도 하고 싶었다. 그는 이런 날씨가 너무 부담스럽지 않기를 바랐고, 대신 사과를 했다.

여자는 제정신이 아니었다. 그가 말을 하는 동안 그녀는 눈길을 다른 데로 돌리고 카펫의 뭔가를 내려다보았다. 팔짱을 끼고 양 팔꿈치를 꼭 쥐었다. 한편 젊은이는 여전히 꽃병을 든 채 어떤 신호를 기다리며 방을 꼼꼼히 살폈다. 열린 창들로부터 밝은 햇빛이 쏟아져들어와 방을 가득 채웠다. 방은 깔끔했고 어질러지지 않아, 거의 손을 대지도 않은 것처럼 보였다. 의자에 걸린 옷도, 신발, 양말, 멜빵, 코르셋도 눈에 띄지 않았고, 열린 여행가방도 없었다. 간단히 말해 잡동사니가 전혀 없고 오직 늘 보이는 묵직한 호텔방 가구들뿐이었다. 그때, 여자가 여전히 아래를 보고 있었기 때문에 그도 아래를 보았고 즉시 자신의 발끝 근처에서 코르크를 찾아낼 수 있었다. 그러나 여자는 그것을 보고 있지 않았다―다른 곳을 보고 있었다. 젊은이는 허리를 굽혀 코르크를 주우려 했으나 여전히 장미를 들고 있었고 자신에게 주의를 끌어 더 방해를 하게 될까 두려웠다. 그는 내키지 않았지만 코르크를 그 자리에 그냥 두고 눈을 들어올렸다. 저쪽 작은 테이블에 크리스털 잔 두 개와 함께 있는, 코르크가 빠진 채 반쯤 빈 샴페인 병을 제외하면 모든 게 질서정연했다. 그는 다시 주위를 둘러보았다. 열린 문을 통해 세번째 잔은 침실에, 협탁에 있는 것이 보였다. 그런데 누가 아직도 침대에 누워 있었다! 얼굴이 보이지는 않았지만 이불 밑의 형체는 전혀 움직이지 않고 잠잠히 누워 있었다. 그는 그 형체를 가만히 보다가 눈길을 돌렸다. 그러다 알 수 없는 이유로 불안한 느낌에 사로잡혔다. 그는 헛기침을 하고 다른 다리로 무게중심을 옮겼다. 여자는 아직도 눈을 들어올리거나 침묵을 깨지 않았다. 젊은이는 두 뺨이 뜨듯해지는 것을 느꼈다. 다 따져본 것은 아니지만 어쩌면 정원 아침식사가 아니라 다른 방안을 제시해야 할 것 같은 생각이 들었다. 그는 여자의 주의를 끌고자 하는 마음에 기침을 했지만 그녀는 그를 보지 않았다. 유명한 외국인 손님들은, 그는 말했다, 원한다면 오늘 아침에는 자기 방에서 아침을 먹을 수도 있다. 젊은이(그의 이름은 전해지지 않으며 아마도 1차대전에서 죽었을 것이다)는 기꺼이 쟁반을 하나 들고 오겠다고 말했다. 쟁반 두 개, 그는 그렇게 덧붙이고는 멈칫대며 다시 침실 쪽을 흘끔거렸다.

그는 입을 다물고 옷깃 안쪽을 손가락으로 훑었다. 이해할 수 없었다. 여자가 듣고 있다고 자신할 수도 없었다. 이제 달리 뭘 해야 좋을지 알 수 없었다. 여전히 꽃병을 들고 있었다. 장미의 달콤한 향이 그의 콧구멍을 채우자 까닭 없는 안타까움에 가슴이 아렸다. 그가 기다리는 내내 여자는 생각에 빠져 있는 것처럼 보였다. 꽃병을 든 채 거기 서서 말을 하고 몸의 중심을 옮기는 동안 그녀는 다른 곳에, 바덴바일러에서 멀리 떨어진 어떤 곳에 가 있는 듯했다. 그러나 이제 그녀는 자신에게로 돌아왔고 얼굴도 표정이 달라졌다. 그녀는 눈을 들어 그를 보더니 이윽고 고개를 저었다. 이 젊은이가 노란 장미 세 송이가 꽂힌 꽃병을 들고 방에서 도대체 뭘 하고 있는 것인지 이해하려고 애쓰고 있는 것 같았다. 꽃? 그녀는 꽃을 주문한 적이 없었다.

그 순간이 지나갔다. 그녀는 핸드백으로 가서 동전 몇 개를 손에 쥐었다. 지폐도 여러 장 뽑아들었다. 젊은이는 혀로 입술을 핥았다. 다시 큰 팁이 나오고 있었다. 하지만 무엇에 대한 팁이란 말인가? 무엇을 원하는 것일까? 전에는 이런 손님들 시중을 든 적이 없었다. 그는 다시 헛기침을 했다.

아침은 먹지 않는다, 여자가 말했다. 어쨌든 아직은. 오늘 아침에는 아침식사가 중요하지 않다. 그녀는 다른 것을 요청했다. 나가서 장의사를 불러와야 한다고 말했다. 자신의 말을 이해했는가? 헤어 체호프가 죽었다, 보다시피. 알아들었나Comprenez-vous? 젊은이? 안톤 체호프가 죽었다. 이제 내 말 잘 들어요, 그녀가 말했다. 그녀는 그가 아래층으로 내려가 프런트데스크 담당자에게 어디에 가면 도시에서 가장 존경받는 장의사를 찾을 수 있는지 물어보기를 바랐다. 믿을 만한 사람, 자기 일에 수고를 아끼지 않고 태도가 그에 어울리게 신중한 사람. 간단히 말해 위대한 예술가에게 걸맞은 장의사. 여기요, 그녀는 말하고 돈을 그의 손에 대고 눌렀다. 아래층에 있는 사람들에게 내가 댁에게 특별히 이 일을 해달라고 요청했다고 하세요. 내 말 듣고 있어요? 내가 지금 하는 말을 이해하고 있는 거예요?

젊은이는 그녀가 하는 말을 이해하려고 애쓰고 있었다. 다른 방 쪽은 다시 보지 않기로 했다. 뭔가 어긋난 것이 있다고 느끼고 있었다. 재킷 밑에서 심장이 빨리 뛰는 것을 의식하게 되었다, 이마에 땀이 솟는 것을 느꼈다. 어디에 눈을 두어야 할지 알 수 없었다. 꽃병을 내려놓고 싶었다.

좀 부탁드려요, 여자가 말했다. 댁을 고마운 마음으로 기억할 거예요. 아래층 사람들한테 내가 꼭 이렇게 해주기를 바란다고 해주세요. 그 말을 하세요. 하지만 댁이나 이 상황에 불필요한 관심이 생기지는 않게 해주세요. 그냥 이게 필요한 일이고, 내가 그걸 요청한다고, 그게 전부라고만 해주세요. 내 말 들려요? 이해했으면 고개를 끄덕여주세요. 무엇보다도 사람들이 놀라지 않게 해주세요. 다른 무엇보다도, 어떤 것보다도, 소동은 피해주세요—어차피 곧 생기겠지만. 어쨌든 최악은 끝났어요. 우리가 서로를 이해하고 있나요?

젊은이의 얼굴이 창백해졌다. 꽃병을 꼭 쥐고 뻣뻣하게 서 있었다. 간신히 고개를 끄덕였다.

그는 호텔을 나가도 좋다는 허락을 구한 뒤 상황에 어울리지 않는 성급함은 드러내지 않고 조용히 단호하게 장의사로 향했다. 아주 중요한 심부름을 하고 있을 뿐 그 이상은 아닌 것처럼 행동해야 했다. 그는 실제로 중요한 심부름을 하고 있다. 그녀는 말했다. 행동을 단호하게 유지하는 데 도움이 될지 모르니 중요한 사람에게 배달할 도기 꽃병을 품에 안고 혼잡한 보도를 따라 움직이고 있다고 상상하라. (그녀는 마치 친척이나 친구에게 이야기하듯 조용히, 거의 속을 털어놓듯 말했다.) 심지어 지금 만나러 가는 사람이 젊은이가 올 거라고 예상하고 있다고, 어쩌면 그가 꽃을 들고 도착하기를 안달하며 기다리고 있다고 속으로 되뇔 수도 있다. 그럼에도 젊은이는 흥분하거나 달리면 안 되고, 또 걸음걸이가 흐트러져도 안 된다. 안고 가는 꽃병을 잊지 마라! 빨리 걷되 계속 최대한 위엄 있는 태도를 유지하라. 장의사의 집에 도착하여 문 앞에 설 때까지 쉬지 않고 걸어야 한다. 그런 다음 황동 노커를 들어올렸다 손에서 놓는다, 한 번, 두 번, 세 번. 그러면 곧 장의사가 문을 열 거다.

장의사는 사십대다. 틀림없이. 아니면 오십대 초반—대머리에 몸집이 단단하고 철 테 안경을 코까지 내려쓰고 있다. 겸손하고 꾸밈없으며 꼭 필요한 직접적인 질문만 한다. 앞치마. 아마 앞치마를 두르고 있을 거다. 이야기에 귀를 기울이며 검은 수건에 손을 닦고 있을지도 모른다. 옷에서는 포름알데히드 냄새가 슬쩍 풍길 수도 있다. 하지만 괜찮다. 젊은이는 걱정하지 말아야 한다. 그는 이제 거의 어른이고 따라서 이 무엇도 두려워하거나 역겨워하지 말아야 한다. 장의사는 그의 이야기를 끝까지 들을 것이다. 그는, 이 장의사는 절제와 인내가 있는 사람이다. 이런 상황에 있는 사람들의 공포를 늘리는 게 아니라 줄이는 데 도움을 줄 수 있는 사람이다. 오래전부터 다양한 모습과 형태의 죽음을 알고 있는 사람이다. 죽음은 이제 그에게 놀라움을 주지 못하고, 그의 앞에서는 어떤 비밀도 감추어지지 않는다. 오늘 아침에 도움을 청해야 할 사람이 바로 이 사람이다.

장의사는 장미 꽃병을 받아든다. 젊은이가 말하는 동안 장의사는 딱 한 번 아주 미약한 관심을 슬쩍 드러낸다. 또는 뭔가 특별한 이야기를 들었다는 표시를 한다. 젊은이가 망자의 이름을 언급할 때 한 번 장의사의 눈썹이 살짝 올라간다. 체호프, 라고 했나요? 잠깐 기다리면 같이 가겠습니다.

내가 하고 있는 말 이해해요. 올가가 젊은이에게 말했다. 잔은 두고 가요. 그건 걱정 말아요. 크리스털 와인 잔이나 그런 건 잊어버려요. 그냥 두고 떠나요. 이제 다 준비됐어요. 우린 준비됐어요. 가주겠어요?

그러나 그 순간 젊은이는 구두 발가락 근처에 여전히 놓여 있는 코르크를 생각하고 있었다. 그걸 주우려면 꽃병을 쥔 채 허리를 굽혀야 한다. 그럼 그렇게 해야겠다. 그는 허리를 굽혔다. 아래를 보지 않고 손을 뻗어 코르크를 손안에 넣고 주먹을 쥐었다.

1938년 5월 25일 오리건주 클래츠커니에서 클레비 레이먼드 카버
와 엘라 카버의 장남으로 태어남.

1956년 야키마 고등학교를 졸업하고 아버지와 함께 캘리포니아주
체스터의 제재소에서 일함.

1957년 야키마에서 16세의 메리앤 버크와 결혼. 약국 배달원으로
일하면서 밤에는 야키마 커뮤니티 칼리지의 야간 강좌 수
강. 12월 2일 첫딸 크리스틴 라레이 출생. 이해는 카버에
게 개인적으로 매우 중요한 해였는데, 그는 이때의 경험을
에세이 「정열*Fires*」과 「내 아버지의 삶*My Father's Life*」
에 기록.

1958년 캘리포니아주 파라다이스로 이사. 치코주립대학에서 강의
를 들음. 10월 19일 둘째 아이 밴스 린지 출생.

1959년 치코주립대학에서 존 가드너에게 문예창작 수업을 들음.

1960년 문예창작 수업이 끝나자 캘리포니아주 유리카로 이사하여
제재소에서 일함. 『문예지』 2호(1960년 겨울호)에 첫 단
편소설 「분노의 계절*Furious Seasons*」이 실림.

1962년 험볼트대학에서 극작 수업을 들음. 첫 희곡 「카네이션

Carnations」이 험볼트대학에서 상연됨.

1963년   문학사 학위를 받고 험볼트대학 졸업. 아이오와주로 이사
          하여 아이오와 작가 워크숍 수강.

1964년   캘리포니아 새크라멘토 머시 병원에서 수위로 일함.

1967년   봄에 파산 신청을 함. 6월 17일 아버지 사망. 과학 리서치
          협회(SRA)에 교과서 편집자로 취직. 캘리포니아 팰로앨
          토로 이사하여 작가이자 편집자인 고든 리시를 만남. 단편
          「제발 조용히 좀 해요*Will You Please Be Quiet, Please?*」
          가『전미 최우수 단편소설』에 수록됨.

1970년   아트 디스커버리 어워드 시詩 부문의 국립기금을 받음. 단
          편「60에이커*Sixty Acres*」가 '최우수 잡지 단편소설' 리스
          트에 오름. 카약 북스에서 시집『겨울 불면*Winter Insom-
          nia*』출간.

1971년   〈에스콰이어〉 6월호에「이웃 사람들*Neighbors*」게재. UC
          샌타크루즈의 문예창작반 강사로 초빙됨. 〈하퍼스 바자〉
          9월호에「뚱보*Fat*」게재.

1972년   UC 버클리에 강사로 초빙됨.

1973년   아이오와 작가 워크숍의 강사가 됨. 단편「무슨 일이
          오?*What Is It?*」가 오헨리상 수상작에 포함됨. 다섯 편의
          시가『미국 시의 새로운 목소리』에 실림.

1974년   UC 샌타바버라의 강사가 되지만 알코올중독과 가정불화로
          12월에 강사직을 사임. 아내와도 별거. 두번째 파산 신청.

1976년   캐프라 프레스에서 시집 『밤에 연어가 움직인다*At Night The Salmon Move*』 출간. 메이저 출판사인 맥그로힐 출판사에서 『제발 조용히 좀 해요』 출간. 1976년 10월부터 1977년 1월까지 알코올중독 치료를 위하여 네 번 입원.

1977년   『제발 조용히 좀 해요』로 전미도서상 후보에 오름. 캘리포니아 맥킨리빌로 이사. 6월 2일 금주를 결심. 이날은 그의 인생의 전환점이 된 날로, 그는 이날부터 평생 술을 입에 대지 않음. 11월에 캐프라 프레스에서 소설집 『분노의 계절』 출간. 같은 달, 텍사스주 댈러스에서 열린 작가회의에서 시인 테스 갤러거를 만남.

1978년   구겐하임 기금 수상. 텍사스대학 강사로 초빙됨. 그곳으로 이사해 아내와 살 작정이었으나 결혼생활이 파경을 맞음.

1979년   1월부터 엘패소에서 테스 갤러거와 함께 살기 시작. 시러큐스대학 영문과 교수직을 제의받지만 창작에 전념해야 한다는 구겐하임 기금의 조건 때문에 이를 수락하지 않음.

1980년   아트 펠로십 소설 부문 국립기금 수상.

1981년   4월에 랜덤하우스 계열사인 크노프에서 소설집 『사랑을 말할 때 우리가 이야기하는 것*What We Talk About When We Talk About Love*』 출간.

1982년   9월 14일 스승인 존 가드너가 오토바이 사고로 사망. 10월 18일 아내와 정식으로 이혼.

1983년   4월에 캐프라 프레스에서 에세이, 단편, 시를 모은 『정열』

출간. 미국 문학예술아카데미에서 주는 '밀드러드 앤드 해럴드 스트로스 리빙 어워드'의 수혜자가 되어 오 년간 매년 삼만 오천 달러를 받음. 9월에 크노프에서 소설집『대성당 *Cathedral*』출간. 전미도서비평가협회상 후보에 오름.

1984년 『대성당』이 퓰리처상 후보에 오름.

1985년 랜덤하우스에서 시집『물이 다른 물과 합쳐지는 곳 *Where Water Comes Together With Other Water*』출간.

1986년 랜덤하우스에서 시집『울트라마린 *Ultramarine*』출간.

1987년 단편「심부름 *Errand*」이 〈뉴요커〉에 실림. 테스와 유럽 여행을 떠남. 9월에 폐출혈이 있었고, 10월에 폐절제수술을 받음. 뉴욕 공립도서관으로부터 '문학의 사자 Literary Lion' 칭호를 받음.

1988년 암이 다른 쪽 폐로 전이된 것이 발견되어 방사선치료를 받음. 테스와 네바다주 리노에서 결혼. 마지막 시집『폭포로 가는 새 길 *A New Path To The Waterfall*』을 완성. 애틀랜틱 먼슬리 프레스에서『내가 전화를 거는 곳 *Where I'm Calling From*』출간. 미국 문학예술아카데미 정식 회원이 됨. 8월 2일 아내 테스의 곁에서 수면중 사망.

옮긴이의 말

레이먼드 카버의 시전집이 나오면서(원래 카버는 단편집보다 시집을 먼저 냈다) 이제 카버의 모든 작품이 번역되었겠거니 생각하던 독자들에게는 예상 밖의 일일지 모르지만 그간 번역되지 않았던 작품 몇 편과 더불어 구해보기 힘들었던 작품이 묶여 이렇게 '누가 이 침대를 쓰고 있었든'이라는 제목의 책으로 나오게 되었다.

이 책에 실린 작품 가운데 「거짓말 *The Lie*」「오두막 *The Cabin*」「해리의 죽음 *Harry's Death*」「꿩 *The Pheasant*」은 1983년에 나온 『정열 *Fires*』이라는 작품집에 실려 있던 것인데, 이것은 카버의 시·단편·산문을 함께 모은 독특한 형태의 책이다. 카버 생전에 미국에서 그의 단편집은 1976년부터 시작해서 네 권 출간된 것으로 알고 있는데, 『정열』에 실린 단편들은 그 어느 책에도 속하지 않았기 때문에 그동안 번역되지 않았던 것으로 보인다.

위에 말한 네 작품 외에 「상자Boxes」「누가 이 침대를 쓰고 있었든Whoever Was Using This Bed」「친밀Intimacy」「메누도Menudo」「코끼리Elephant」「블랙버드 파이Blackbird Pie」「심부름Errand」은 카버가 사망한 해인 1988년에 나온 『내가 전화를 거는 곳Where I'm Calling From』(이 책은 선집으로 간주하여 위의 단편집 네 권에 보태지 않았다)에 실려 있는 작품들이다. 이 책에는 기왕에 다른 책에 묶여 있던 작품들과 아직 묶이지 않은 작품들이 섞여 있는데, 지금 이 번역본에 실린 것들이 다른 데 묶인 적이 없는 단편들이라고 알고 있다. 이 작품들은 이미 번역된 적이 있지만 현재 구하기 힘들어 이번에 함께 묶어 번역하게 되었다.

이렇게 해서 아마도 카버 세계를 완성(산문은 빼고)할 마지막 조각을 만들게 된 게 아닌가 생각하지만 그거야 누가 알겠는가. 다만 많은 독자에게 예상 밖이면서도 반가운 일로 다가가기를 바랄 뿐이다. 그렇다고 이 마지막 조각이 화룡점정이라는 식으로 과장하고 싶은 생각은 없다. 이미 많은 작품을 거느린 외국 작가가 소개될 때는 대표작 또는 최신작이 먼저 소개되고, 그 작가가 국내에서 환영을 받으면 그의 세계를 구성하는 작품들이 서서히 채워지기 마련이다. 카버는 우리나라에서 꽤 큰 환영을 받은 작가이고 그 결과가 시집 발간과 더불어 이렇게 마지막 조각까지 채워넣는 것으로 이어졌다고 본다. 그렇다고 작가를 존중하여, 또는 작가의 인기에 편승하여 그간 좀 처진다고 여겨져 내놓지 않았던 작품까지 다 모은 것이냐 하면, 그것도 아니라고 생각한다.

한 독자로서 옮긴이가 할 수 있는 말은 카버는 어디에서도 카버다, 라는 것뿐이다. 보통 작가의 개성적인 목소리 이야기를 많이 하는데, 옮긴이는 이번에 카버라는 작가의 개성적인 온도 생각을 많이 했고, 희한하게도 어떤 이야기에서든 그 온도가 대체로 일정하게 유지된다고 느꼈다. 나아가 카버의 작품에서는 글로 나타나지 않은 여백이 그 온도를 유지하는 조절 장치 역할을 하는 게 아닌가 하는 생각을 했다. 카버 때문에 글이 아니라 여백을 번역하여 원문과 온도를 맞추는 일을 하게 될 줄이야. 그럼에도 물론 즐겁고 고마운 작업이었다.

정영목

지은이 **레이먼드 카버**

1976년 첫 소설집 『제발 조용히 좀 해요』를 발표했다. 1983년 그의 대표작이라 평가받는 『대성당』을 출간했으며, 이 작품으로 전미도서비평가협회상과 퓰리처상 후보에 오른다. 『사랑을 말할 때 우리가 이야기하는 것』 『정열』 『내가 필요하면 전화해』 『우리 모두』 등을 펴냈다. 1988년 암으로 사망했다.

옮긴이 **정영목**

서울대학교 영문학과를 졸업하고 동 대학원을 졸업했다. 전문번역가로 활동하며 현재 이화여대 통역번역대학원 교수로 재직중이다. 지은 책으로 『완전한 번역에서 완전한 언어로』 『소설이 국경을 건너는 방법』이 있고, 옮긴 책으로 『선셋 리미티드』 『바르도의 링컨』 『미국의 목가』 『에브리맨』 『울분』 등이 있다. 『로드』로 제3회 유영번역상을, 『유럽 문화사』로 제53회 한국출판문화상(번역 부문)을 수상했다.

문학동네 세계문학

누가 이 침대를 쓰고 있었든

1판 1쇄 2022년 11월 11일 | 1판 3쇄 2023년 4월 28일

지은이 레이먼드 카버 | 옮긴이 정영목
책임편집 윤정민 | 편집 홍유진 이현자 | 디자인 김유진 이원경
저작권 박지영 형소진 오서영
마케팅 정민호 김도윤 한민아 이민경 안남영 김수현 왕지경 황승현 김혜원 김하연
브랜딩 함유지 함근아 박민재 김희숙 고보미 정승민 배진성
제작 강신은 김동욱 임현식 | 제작처 한영문화사(인쇄) 신안문화사(제본)

펴낸곳 (주)문학동네 | 펴낸이 김소영
출판등록 1993년 10월 22일 제2003-000045호
주소 10881 경기도 파주시 회동길 210
전자우편 editor@munhak.com | 대표전화 031) 955-8888 | 팩스 031) 955-8855
문의전화 031) 955-1927(마케팅) 031) 955-2634(편집)
문학동네카페 http://cafe.naver.com/mhdn
인스타그램 @munhakdongne | 트위터 @munhakdongne
북클럽문학동네 http://bookclubmunhak.com

ISBN 978-89-546-8951-9 03840

www.munhak.com